我只是想念你

Adelaide

enlighten & fish 亮光文化

推薦序——樂擎

與Adelaide的相識，著實神奇，我是他的讀者，他亦為我的讀者，就這樣以文字為橋，連通了台灣、香港兩位原互不相識的文字作者。

若同為Adelaide讀者，應該會知道他的文字乍看下似是以悲傷居多，底蘊卻總是溫柔。反應了人面對的逝去情感、殘忍現實的無能為力，卻又仍是願意盡自己最後一份力地試著改變，至少是掙扎。寫的，正是繁亂而喧囂世界下，我們每一個平凡人的心聲。

縱然台港文化、用字仍有所不同，但情感卻是共同的。這也是Adelaide厲害所在——其所使用之文字都並不艱澀。單以老嫗能解最簡單的詞彙，就能描述出人心底最深刻的情感，又在其中繾綣著淡淡的悲傷、無奈，以及希望。

文字一如美食，再多的形容，都比不上親自品嘗。如我你同樣為情感豐富之人，同樣能共情於逝去情感，擁有過一段深刻的感情。那這本由作者拿出自己所有，甚至自我剖開，毫無保留將全部坦然分享出的文字集，真值得你一將之翻開一閱。

樂擎

畢業於台灣大學科際整合法律學研究所
誠品、博客來、金石堂暢銷作家，
TEDxNCUE 年會分享講者

自序一

我知道，我能夠感動萬千讀者，卻不能感動你，
其實我覺得，我仍然是很失敗……

是的，情感從來都無法勉強；
但惟獨我愛你這件事，你知道嗎？
從來就沒有勉強，因為，這都是出於我的自願與甘心……

我確實，在懷疑與不安中，仍然堅持著，去擁抱這份愛；
或許，為了你，我總甘願承受，一份失落的痛……

其實，我也不知為何，會如此的愛上了你；
我也不明所以地，讓你走進了我的生命中，更走進了我的深心處……

一切，好像都有著一種出奇的命定；
或許生命中註定，我的人生走下去，不能沒有你……

從第一天到如今，我的 Facebook 和 Instagram 專頁，都沒有改換過名字；

因為從第一天開始，我就將你念記著，只是，你從來，都不會明白罷了！

我的寫作，總想記錄著，一切愛與不能被愛的痕跡；
我的文字，只想保留著，心中那份最真誠的觸動與感覺……

透過廿五個短篇小說，希望能夠道出，廿五種不同的經歷與感受；
更重要的，是能道出，我心中，在不同時段中，對愛的期待與渴求……

從來，思念，是一種痛；
從來，愛一個人，亦很難；
因為，我愛著你的時候，你並沒有很愛我；
我愛著你的時候，你並沒有很珍惜我；
我愛著你的時候，我們總會遇上，一連串的難關與挫折……

然而，無論如何，我仍想說：「我還是，想念你……」

自序二

人，其實往往有著很多暗黑面；
人，從來讓別人看到的，都只是滿臉的榮光；
而深層的悲哀、怒怨，卻從來不會，讓別人去知道……

暗黑，是人心內裡的顏色；
光彩，是人性表面的陳述……

是的，人活著，因為基於現實，
很多時，都需要顧及表面的流露……

反觀文學作品，許多時所展現的，就是暗黑的世界；
你看看郁達夫，你讀讀曹雪芹；
你再看看白先勇，再讀讀村上春樹……
是的，特別是男作家，都特別有暗黑的情緒；
其實魯迅的作品，不也是，在塗寫著人性的灰暗面嗎？

為何男作家的作品，特別暗黑味重呢？

我相信，這是因為男性，往往較少表達自己的情緒，
但這卻不代表，他們就沒有豐富的情感；
當男作家能夠運用文字的力量，將情感深度真實地表達出來，
往往，人性最真實的愛與慾，明與暗，就能一一被流露出來了……

那麼女作家呢？
女作家，是不夠膽子吧！
社會，還是對女性有著很多規範；
社會，很多時，都會給女性扣上帽子；
男性，卻有著不同的待遇……

現在你給我看見的，究竟是那一面？
其實，我不介意你內在的黑暗，因為我所愛的，是全部的你……

誰人沒有失敗？誰人沒有悲傷？
你要假裝快樂，卻承受著悲傷嗎？
你要告訴別人，你很好，以獲取表面上的成功嗎？

告訴我，其實，你並不是真正的快樂！
在你心中，其實有著不能被滿足的慾望，不能被撫平的悲傷……

無論如何，我只是很想，給你一個深深的擁抱；

你可以告訴我，你的心事嗎？

暗黑並不要緊，在流淚過後，就能獲得安慰；
流淚過後，就能讓人，得著最大的心靈滿足……

其實，你為何一直，都要如此逃避我？
你害怕我發現你心底裡的暗黑嗎？
你害怕我會看不起你嗎？
你害怕我會不接受，擁有很多缺點的你嗎？

從來，我都只是愛你；
從來，我都很願意愛著你的一切，包括你的缺點……

你不信任我嗎？

或者每一個人，都在尋找著一個，欣賞自己的人；
每一個人，都在尋找著，一個明白自己的人；
每一個人，都在尋找著，一個了解自己，愛著自己的人……

和這人在一起時，我總感受到一份被重視；
和這人在一起時，我總感受到被需要；
和這人在一起時，我總感受到，生命中種種奇特的意義……

活著的時候，每一個人都是獨特的；
而我的獨特，就總是被你所知道，總是被你所發現；
我實在感受到，有你的日子，就是這世上最美的幸福……

我打從欣賞你開始，就願你能靠近我，也願你能欣賞我……
我接受你暗黑面的同時，也願你能接受我生命的全部……

自序三

或者寫作，需要三項條件：情感，文字技巧，以及勇氣。

情感是甚麼呢？
就是有些人，特別有獨特的情緒，總比別人容易受感觸和受感動；
深深醞釀在心中的情感，可如水般湧流出來；
我應該，就是這樣的人……

像我這些人，比較容易動情；
像我這些人，比較容易落淚……

至於文字技能，我相信，我還能操控文字；
藉著文字的力量，可以讓我的情感，真實地表達出來……

其實，很多人都有豐富的情感，都懂得好好處理文字，
只是，他們卻從來，沒有表達內在情感的勇氣……

有勇氣地表達情感，我覺得很重要；
因為，這實在不容易⋯⋯

不要問我小說裡的內容，是真還是假；
真與假之間，有時連我自己，都搞不清楚了⋯⋯

我只想說：「有時我所寫的，已超越我自己內在的勇氣範圍了！」

願你能夠明白，願你能夠共鳴！
願你在我分享的短篇小說中，能夠領受我的感情，能夠享受我的文字，
而且能夠，欣賞我的勇氣⋯⋯

感謝各地讀者！感謝您們對我作品的信任、厚愛與支持！

Adelaide

contents

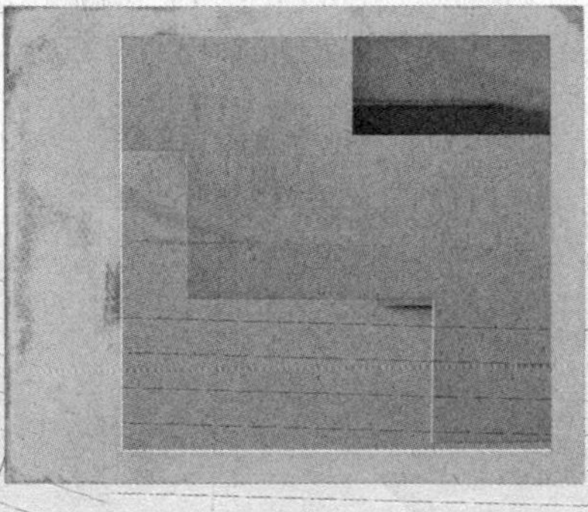

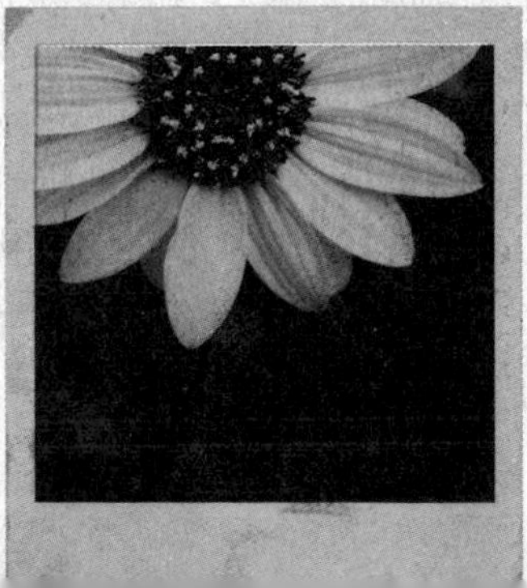

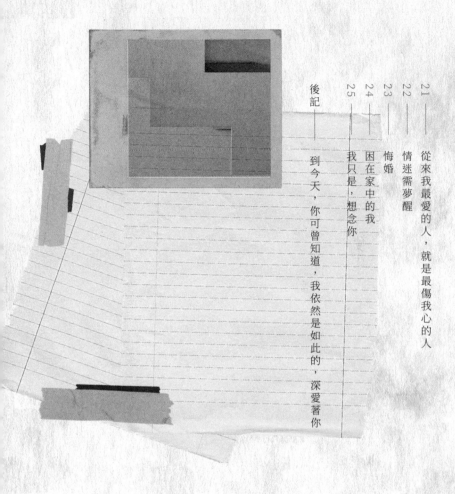

1 —— 曾經的台灣，最愛的你

台灣的火鍋店，真的很吸引我；
約一百五十台幣一位，折合大約港幣四十多，就可以每人有一個小火鍋；
裡面盛滿不同的菜和數片肉；還可以任吃滷肉飯、飲品、冰淇淋和甜品等……

記得那天，我和你在台灣的一間火鍋店裡吃著；我先吃了鍋裡的肉；
或許近來，我覺得比較冷，想吃多些肉取暖；
我吃完後，我卻見鍋裡，仍然有肉；
原來是你，將屬於你的幾片肉，都給了我；
你還幫我燙熟後，將肉放在我碗內，更細心的替我下了醬油……

你說：「今晚我不太餓，你多吃一點吧！」
我深深的望著你，有著一種說不出的感覺，很是溫暖；
然後，我慢慢的再次，吃著暖暖的牛肉……

平時吃火鍋時，你總還會吃上一兩碗滷肉飯；
那天，我記得很清楚，你吃了一碗又碗，前後共五碗……

我很想問：「你不是說，你不太餓嗎？」
最後，我還是沒有將話，說出口來……

從來最美麗的感動，都不能夠說出口；
從來最美麗的感覺，永遠，都停留在我心裡……

記得你爸爸是台灣人，你媽媽是香港人，你算是半個台灣人吧！
從小，你就常遊走於台灣與香港兩地；
而我，只是簡單的香港人，成長和立足於香港……

很多時，因為你的工作，需要港台兩地走動；
所以，當你一有空，你就會來香港探望我；
而我一有長假期，我就一定來台找你相聚……

地域，從來沒有成為我們交往的阻隔與界限；
相反，我一直深信，我與你，一定會有幸福的未來；
你可以來港和我一同生活，又或是，我可移居台灣和你一起。

記得那次，我到了台灣，我先到台北探朋友，然後，我一個人南下高雄找你；
我一個人，拿著行李，坐著高鐵……

入閘前，我匆匆在車站的便利商店，買了一個熱烤蕃薯；
是的，台灣美食眾多，但我最愛的，就是便利商店裡的碳石烤蕃薯；
一種特別的香甜味，清新甘美；雖然價格一點也不便宜，要數十台幣一個……

但原來，人總是有偏執的，喜歡就是喜歡；
正如從來，我就是，只偏愛著你一樣……

在高鐵上，我見到旁邊的男士，在台中下車；
於是我將行李，放在旁邊，好讓自己，有多一點的舒展空間……

我睡著了……
怎知醒來以後，我見這位男士，就站在我座位旁；
他見我醒了，輕聲地說：「你的行李，霸佔了我的座位呢！」

我真的非常抱歉！原來他一直沒有叫醒我，只是站在旁邊，等我醒來；
台灣人，真的特別溫柔……

一直，因為你是半個台灣人，我已對台灣人，特別喜歡；
這次我對台灣人，更有了加倍的好感！
他居然可以這麼有禮和溫柔，也讓我，實在感激和覺得不好意思……

後來我又睡著了，到了高雄，才醒來；
我在睡夢中，好像又再次，見到了你……

我再張開眼，原來全車人，都離開了；
台灣高鐵，實在太舒適；下車的乘客，也實在太安靜……

走出高鐵站，我再一次陷於陌生的環境中……

其實，台灣始終不是我孰悉的地方；
其實，我只熟悉你……

我一個人在台灣，特別喜歡吃著同一款心愛的食物，因為這樣，總讓我吃的舒心和滿足；
正如我一個人在異地，我心裡，也特別的依靠著你……

到了高雄站，我突然接到你的來電；
你說你公司臨時有會議，叫我自己先到酒店，稍後才和我會合。

是的，雖然我來過台灣不少次，但接到這突如其來的訊息，心裡還是有點不是味兒。

其實，我們已經三個多月沒有見面了；
想不到我今次親自來台，到了高雄，出了高鐵站，我還是見不到你……

不知為何，我心中對你，有著一種很難言的思念……

回酒店放下行李，我一個人出外理髮。
髮型師來到我面前，溫柔低聲地說：「我和你商量一下，怎樣處理你的頭髮……」

我在鏡中見到他，我定睛望著他的眼神，很少會碰上這種溫柔；
這是台灣男生所獨有的嗎？我又再次想起了你……

你也很溫柔，但是，很多事情，你卻不愛和我商量……
髮型師望著我，靜心等候我的答覆，並沒有催促我；
我想了想，告訴他，我的想法；他又再仔細解釋，並作反建議；
他說：「大家要討論討論……」

在香港，這情景，應該是沒有可能的；
在香港理髮，坐下幾秒鐘後，髮型師就會問：「想如何剪？」
我會回答：「短兩吋。」然後我的頭髮，會在十分鐘內，被剪短了。

香港，是一個生活極度急促的城市；
人與人之間的關係，很即食，亦很快捷；
來去也是匆匆，很難有長久的關係……

我想著，你是半個台灣人；一直，你成長於台港兩地，現在也在台港兩地工作；
究竟，你的真性情，是如何的呢？
我覺得你很有台灣男子的溫柔，亦有香港男生的果斷；
不過有時，我好像很熟悉你；但有時，我又覺得你很陌生……

這趟剪髮，用了很長的時間。我離開理髮店後，步進台灣街道；
夜了，電單車在我面前疾駛而過；車頭燈，照亮了我面前的路……

但不知為何，我感到我自己，一個人步伐的低調與陰沉；

在夜色的沉默中，有著一種寂然的含蘊，總添加了，我心靈中的一份落寞；以及，我對你一串串的思念……

我一個人走著走著，呼吸著台灣街頭黑夜中，清新而孤獨的空氣……

我又再一次，陷入沉思當中；我再次不能自禁的，想起了你；其實我們，究竟有沒有將來的？是否往後的日子，我也要常常這樣，一個人在台灣遊逛？我在台灣的朋友不多，我在台灣我可以依靠的，只有你……

面前有一間24小時Family Mart，燈很亮，更有許多座位……

我走進去，點了一杯熱Latte，和一個碳石烤番薯；晚上再次吃著甘薯，我特別感受到，台灣的另一種夜裡風情；就算是一個人在異地，我仍然可以很容易，找到一處光亮的地方坐下，享受一點點食物的溫暖……

我望著落地玻璃外的點點光影，想著，如果今晚你在，這樣，我就不用孤單地一個人了……

我又想著，其實，我們這一年，見面的機會並不多。三個多月前，你來香港工作一星期，但我們只吃上了一餐飯；我想，作為男女朋友，我們相處的時間，實在太少了！

平常，你也說你很忙碌，不會太多回覆我的訊息；
今次長假，我刻意來台灣找你；怎知，結果原來也是一樣……

在香港，我見不到你；現在我來到台灣，還是未能與你相見……

我記得，你喜歡在台灣享用「吃到飽」；你就是喜歡吃的男生。
雖然你吃得多，但也不見得胖；你吃著食物時的樣子，特別快樂。
我見著你快樂，我內心，也微笑了……

你知道嗎？只要我能夠見到你微笑，我心裡，就滿足了……

生命中的相知與相遇，從來都不是必然；
或者生命中最美好的事，就是在工作以後，能夠與你，好好地享受一頓暖暖的晚餐……

其實我不用吃到飽，亦不需吃甚麼自助餐；
只要有你，我們坐在路旁吃上兩碗蔥油拌麵，我也會覺得，很快樂……

想著想著，我自己一個人，回到酒店了。

在酒店裡，我再次接到你的電話；你說這幾天，突然來了一項大工程，需按時完成。
你說：「我現在還在公司，恐怕這幾天，也沒時間陪伴和照顧你……」
你又說：「你一個人，多多在高雄走走逛逛……」

我不是孩子了，我需要你照顧嗎？我要的，不是照顧，而是陪伴……

這幾天，我都是一個人在高雄走著；我在高雄除了你，並沒有其他朋友。
在高雄的最後一晚，我獨自來到六合夜市；
我見到一間粥麵店，我自己一個人，坐下了；細看菜單，有鍋粥和鍋麵，都是用鐵鍋上的……
很吸引人！我點了豬肝粥；米粒是粗粗的，豬潤很鮮，不太厚，切得細小的一片片……

我再點了一鍋麵，是的，太多了，我吃不完。
台灣的鍋麵，是烏冬那般粗，灑上麻辣醬和蔥油，在熱鍋上翻騰著，真的很好吃……
我記得，你最愛吃炒麵、意粉和烏冬的；你吃著時的樣子，也很可愛，吃得也特別快；
不愛吃飯的男生，只愛吃粉麵，你卻長得特別高壯……

我想起了你，但又如何？我還是一個人，吃著這鍋麵……

吃著吃著，我又再次，感到一個人的寂寞；我想著，究竟我們的關係，出了甚麼問題？
是地域的問題嗎？還是其實，你已經不再喜歡我？
還是，工作的壓力，實在也讓你，透不過氣？
是的，我需要等待和忍耐……

但或許，你不會明白，我是需要被陪伴的，我是需要被了解的，我是需要感受愛意的……

面前的食物，實在太多了！我吃不下，我盛回酒店房間再吃。
如果今晚你在，我們一定，可以吃得很愉快……

其實，我本應只吃一鍋粥，但因為想起了你，所以，才點多了一鍋麵；
是的，下次，我可不要再這樣傻了！

你知道嗎？許多時，在生活的細節上，我都想起了你；
但是，在許多細節上，你又有想起我嗎？

幸福的戀愛，應該是讓人快樂的；
但我和你走在一起，我開始，感受不到快樂了……

我在高雄這幾天，你都沒有陪伴我；只是最後一天，你來到了機場……

記得有一年，我到台中探你；然後我回港，你送我去桃園機場；
你說：「桃園機場的食物價格比較昂貴，不如先下新竹，和你吃一頓豐富而價廉的午餐。」
你介紹說：「因為新竹風很大，所以新竹米粉乾得特別快，所以新竹米粉，也特別爽口好吃……」

我和你在新竹，吃著肉碎炒米粉，真是美味至極……

你說：「幾時我們可以不用這麼折騰？將來我升了職，多一些收入，我們就可以在機場，好好吃上一頓；我會努力工作，不會讓你失望……」

我沒有回答甚麼，我害怕傷害你的自尊心；

我只是說：「在新竹吃一個炒米粉和一碗特大肉丸湯，其實真是不錯的美味選擇啊！」

那時候，其實我已經知道，你需要奮鬥，你需要努力！

你有你的時間表，不過只是，你的時間表裡，似乎並沒有我！

或者你會覺得，我總在阻礙著你……

其實，在你的奮鬥中，我總會等待著你；

然而，這個等待，卻因著你的若即若離，實在令我太難過……

其實，甚麼叫成功？甚麼又叫失敗？

或者你有你的價值觀，你有你的要求；你會覺得，你要在成功以後，才來找我；

可是，我卻從來沒有，要求你有任何的成就；我要的，只是你……

其實你知道嗎？

我愛的就只有你，其他一切，對我來說，都並不重要……

除了新竹米粉，台中也有不少價廉物美的食品；

其實我們，一定要在桃園機場吃飯的嗎？

這天，我們在高雄機場分開以後，我回到香港，收到你的一個訊息；
你說：「我們大家，不如都各自，尋找更適合的伴侶吧！我不想拖著你……」

我見到這訊息，眼淚不斷的落下來；你要說的話，今天，終於說了……

我回覆你說：「我不打算再找其他人，我只想與你走在一起！」
跟著，就是已讀不回……

無聲無息，五年的感情，你要如此的劃上句號？
愛情，是否一轉身，就沒有了？

今天，天氣很冷；北半球，進入了寒冬……

記得去年這時候，我一個人坐著高鐵南下高雄找你；
事隔一年，疫情以後，我都再沒機會，重臨台灣了……

是的，世事難料；
從來，我在世界走動的時候，你就在世界的另一端徘徊……

我知道，人與人之間，總是如此的擦肩而過；
其實我相信最需要的，是大家都能回頭一看；
然後，才可以有一陣子，彼此的凝視與對望；
跟著，才可有一次深深的擁抱，讓大家都得著明白和溫暖……

今晚，我面前的飯菜冷了；
我總是很喜歡，看著你吃飯的樣子；因為我知道，你吃著的時候，樣子特別快樂……

今晚我回家的時候，坐在巴士上層；
我望著窗外的景色，想著：為何我們會如此走失了？
真的，你有想過我的感受嗎？你會明白我的需要嗎？
我要的，只是能夠平凡地，與你過著每天，開心的日子……

或許不愛，就是不愛了？
但當你作出選擇時，我知道，你注意的，只有你自己的感受；
在你轉身以後，你就如此餘下我一個，不知如何應對……

望著面前涼了的飯菜，我忍不住，又流下一滴又一滴的眼淚……

我知道，這不是一件很容易的事；
就是我要慢慢變得堅強，我要慢慢的退去淚痕，然後，慢慢地，不再去想念你……

但是，一幕又一幕的思念，換來的，只是一種形影不離的悲傷；
我獲取到的，只是一份不斷痛苦的生命糾纏；
然後，在我擁抱著難過的時候，你連一丁點影兒，都再沒有出現……
是的，我知道，一切，都只是一份無聲的徒然……

或者，我要做的，就是讓自己慢慢變得剛強；讓自己，慢慢建立更強大的心靈；
抹掉眼淚以後，再以溫柔的心，等待一個更愛我的人出現……

其實，他不一定要很愛我；
愛，從來，是沒有勉強的；但起碼，他會懂得珍惜我的愛……

是的，其實我不很介意，你不是最愛我；
但我很介意，你對我的愛，連一點感恩的心，都沒有；
你對我一直的等待和包容，都不再珍惜與珍視……

不愛就是不愛了！我知道這世上，從來就沒有對等的愛；
其實，你是有愛過我的，是嗎？
只是現實，從來勝於愛情……

今天，你在那裡呢？
其實我多麼希望，可以在台灣的一間小店裡，我們再次吃著火鍋；
然後，我會親自將肉灼熟，只留給你享用；你就不再，吃上幾碗滷肉飯了……
你知道嗎？
我還是，想念你……

我的心，其實，還是沒有離開你……

九月十二日　陰

我常常都不明白，我待你這麼好，為何你要如此對待我？
為何你要如此無聲無息的離去？
為何你可以甚麼都不交代一句？
當我已盡力做了所有事，
還是看著你的離去，我真的感到很受傷……
在深夜這空間中，我只想說：「我還是，想念你！」
除了是因為愛，我想不到，還有甚麼，其他原因……

九月十四日　涼

你為何要如此不說一聲，就走了？
你可知，我是多麼的想念你……

今晚風很大，但我的眼淚是熱的；
而風，是冷的……

或者，有一種不愛，叫無動於衷……

是的，當所有人都能明白我的感受時，
而你，卻總是無聲無息，不發一言……

或許，我應該知道答案的了！

是的，我是知道答案的！
我是知道，你不愛我這答案，
只是從來，我都不去承認罷了！

這除了叫執著以外，其實，也是一種愚昧的自虐；
以及是，一種不息的沉淪……

或者對你來說，逃避我，是一項最適合的選擇；

是的，我從來，都無法阻止你的想法……

只是，你知道嗎？
我還沒有預備好去接受；
因為，我的心，還沒有離開你……

在月影與星光交替的晚上，
我只是仍讓自己，選擇著，默默地去想念你罷了！

2——我在婚姻介紹所遇上他

不經不覺，人生走著走著，一直，我還沒有遇上合適的人；
應該這樣說，遇上了合適的人，但最後，都總是無疾而終……

身邊，還有不少關心我的朋友；
我被他們，介紹到婚姻介紹所去認識異性……

或者他們知道，我的生活環境，實在太狹窄，我根本認識不到新朋友；
我有時又在自怨自艾，加上年紀漸長，你們都替我緊張；
他們身邊的朋友，都沒有適合我……

今天，朋友們又陪我到婚姻介紹所；
我其實沒有甚麼期待，只是你們好像總為我著想，我也好去一次；
我走進去，填了表，交了費用……

其實心底裡，我很不是味兒；
因為以我的條件，我真的需要，來這些介紹所嗎？

不過想不到，很快就有人願意與我交往；
是一位中年男士，外表看來也不俗……

第一次見面，他就對我說：「我住在港島，房子是屬於我的，也差不多付完房貸了……」

我聽著聽著，原來這就是婚姻介紹所認識的人……

或許是吧！在香港，要結識異性朋友，先決條件，就是經濟狀況；

我也明白，如果男生有優秀的經濟條件，才會有人喜歡。

但我又想，既然你經濟條件這麼好，真的認識不到優質的異性朋友嗎？

是否你的要求，也是很高？

他對我說：「我和你一樣，生活圈子很狹窄，平時工作又忙碌；以至總沒有機會，認識其他人……」

他又說：「我來婚姻介紹所的目的，也是希望，能多認識異性；以至有機會，大家繼續發展下去。」

他繼續說：「我是希望，尋找可以走下去的生命伴侶……」

聽著聽著，他的出發點，好像也不錯……

不知不覺，我都和他，吃上幾次飯；大家又有不少社交活動，例如看戲、爬山等；

但不知怎的，我對他，就是沒有絲毫愛的感覺……

沒有感覺，就是沒有感覺！縱使他有優秀的外在物質條件，也有不俗的外形；

他又有學歷上的優越，又有財務自由的盼望，更有生活上的品味；
最重要的，他似乎，對我也很溫柔，好像蠻不錯的！

但不知為何，我就是對他，只有欣賞，卻沒有其他感覺。
或許，物質條件，我自己也有一點；他會看得上我，也算是彼此的一種博弈吧！

是的，我眼前的他，絕對是優秀；他的外在客觀條件，比我自身的條件更好；
他絕對是一位很理想的結婚對象，值得交往下去；
但是，我對他，真的連一點動心的感覺，都沒有……

情感這回事，有時，真的完全與外在條件無關；
他無論外表、學歷、經濟條件、內涵、品味、禮貌等等，都實在令人無可抗拒；
但是，或者要從心裡去愛一個人，其實於我，是有點困難的；
要我去付出愛，就更困難……

或者，我和他從來沒有任何共同經歷，亦沒有甚麼心靈上的交集與交往；
以至從來，沒有任何真正心靈上的溝通……

要這樣去認識一個人，要這樣去愛一個人，對我來說，實在是有點困難！
或者這樣說，要我這樣去愛一個人，實在是太用力的一件事！
我對著他，最多只是一種喜歡；大家有的，只是一種彼此等價交換的配合；
但是這種交往，卻並不是愛……

我和他就這樣，交往了半年；我想，再走下去，我心裡的感覺，也不會有很大變化。
我相信，我和他的交往，是時候要停止的了；因為再這樣下去，都只是浪費彼此的時間……

真的，不是他不夠優秀，而是我總不能在這種處境中，去深深喜歡他；更遑論去愛……

他很好，我不想讓他往後有難過和失望；
我已明示暗示很多次，說和他不太適合，但他，依然沒有放棄我……

我說：「我現在實行斷食法，每天只早上八時至下午四時進食；其餘時間，我都不吃東西。我不出來晚餐了，你不用再約我了。」
怎知他說：「我們出來喝杯飲品，見見面吧！」

我說：「我最近身體不太好，一些戶外活動，我都不出席了，抱歉。」
怎知他仍是鍥而不捨……
他說：「我們只去看電影，或是逛逛藝術館吧！我知道你好靜……」

面對一個如此溫柔細心的他，我真是感到喜悅；就是如此，我更不忍心去傷害他。
是的，和他相處，是一種快樂；但可惜，我知道當中，並沒有愛……

或許愛，真是需要長時間的相處，才能滋長出來；
愛，需要靠彼此一些共同經歷與患難，才能產生。
我和他吃吃飯、聊聊天，遊逛遊逛；是的，我心中，就只有單純的快樂……

他真的對我很好，細心而溫柔；
我有試著去愛他，但對不起，我知道自己心裡，真是只愛你……

今天我很不開心，他又來問候我，問我究竟發生甚麼事；
是的，其實我是在掛念著你，因為，你現在，已經完全沒有再回覆我了……

我就是不知為甚麼，這般的深愛著你；
我很不明白，我為何總讓自己，墜落在如此的悲傷中……

他總是關心著我的需要；今早，我和他相約吃早餐，他替我買了一杯熱咖啡；
他說：「咖啡我添加了鮮奶，因為我希望，你能夠長胖一點；你近來，好像又消瘦了……」

是的，我近來真的消瘦了；因為晚上，我總是睡得不好；
昨晚，我剛剛想喝一杯熱牛奶，今早，他就給我買了……

我望著他，心中充滿感謝；
我望著他，一份更深的悲哀，油然而生……

是否，被愛會是更幸福呢？
但為何人總要犯賤，去追尋一個，根本不看重自己的人呢？
愛一個不愛自己的人，真的快樂嗎？

我在整理自己的思緒後，其實抱歉，我真的沒有太愛他；
我只是感謝他的陪伴，我只是感謝他的關心；
以及，感謝他對我這段時間裡的不離不棄與關愛……

雖然我不知道，他內裡最真實的心思意念，因為我和他認識的日子尚短；但他對我的好，似乎亦的確是存在著……

我知道，愛一個人，和感激一個人，是有所不同的；
我心中，總充滿著對你的念記，和對你深深的情感；
我對他，就只有感激……

我不能夠因為他願意陪伴我，我就去接受他對我的愛；
是的，在婚姻介紹所認識的人，大家都知道，彼此的方向與目的，
但如果，我們這樣走下去，特別是我的心，仍然在想著你的時候；我會覺得，我接受了他的愛，我會更對不起他……

傍晚，他再相約我晚飯；我想，我會和他說清楚，我心裡的感受；
我不想欺騙他，也不想他無緣無故的待我好……

對一個願意為自己付出的人，或者，說清楚所有事，解釋清楚所有情，
就是一個，最好的回饋吧！

抱歉！我真的是打擾了！
在這半年的日子中，我也緊守原則，不想他常常破費；出外用膳和活動的費用，我總付上一半。

或者，在我心中，我一直，其實只深愛著你；
你總在我心中，縈繞不斷；
我總是不能，忘記你的笑臉；
我總是不能，忘記我與你的曾經……

見到他，我心裡，其實只當是一場美好的約會！
我只是想試試，自己內在的感覺，還會不會，可以再愛其他人……

我真的不想欺騙他！
當我心裡愛著另一個人的時候，我見到其他人，就算他有多優秀，但我就是，再沒有任何愛的感覺了！

甚麼時候，我才能遇上一個我愛他，而他又願意愛我的人呢？

其實，我一直都在想念著，在遠方的你；
或者，當我的心為你存留著一個位置時，我任何人，都再看不上了……

是的，我的朋友都很擔心；他們見著我的日子，慢慢走著，但好像，總走不出往昔的陰霾；

但我知道自己，走不出，就是走不出……

有時候，放下一段舊有的感情，實在需要，很多的時間……

甚麼時候，我才能遇上一個，
我愛他，
而他又願意愛我的人呢？

愛過了，的確就是愛過了；
不是說忘記，就可以忘記……

十月五日　冷

不經不覺，在時光流轉下，
原來，我們都分開，好一段日子了……

一直在記憶中，你不只墜落於我心中，
而是在我們不期然的對望中，
我曾經發掘了，生命中，星河燦爛般的光芒……

你知道嗎？
人生其實，並沒有很多個經年……

今夕，
風，依然靜靜的吹；
雨，仍然淅淅瀝瀝的一再灑下；
沒變的，是路燈還在，四境還存；
我對你的情，更是從來，都沒有改變……

今晚，你處何地？
或許，你會再次，想起我嗎？

你知道嗎？
愛著一個人，我總會在心中，默默地惦念著……

當我想著了你，我心裡，就躊躇不安；
我總找不到一個安穩的位置，可讓我的心，停泊下來……

當我想著了你，我好像駕駛著屬於自己的汽車，
但總不知道，要駛往那個方向……

愛，從來就是不能解釋，也總不能夠被遺忘；
只因心中，我對你，有著深深的念記和牽掛……

不要問我為何這麼癡情和軟弱，我也是不能自控；
我只是選擇在心中，一直默然無語地，愛著你罷了！

十月七日　陰

若然你問我，愛上你這件事，我有後悔嗎？
有時，或許，我是有感到後悔的；
因為，你實在給了我，太多的難過；
你實在給了我，連我自己都想像不到的悲傷……

當我一個人在路上走著的時候，我真的覺得自己，很憔悴，很無助……

但是，當我再次想起你的容顏，當我再次憶起你的身軀，
我又有一種，難以割捨的感覺……

愛過了，的確就是愛過了；
不是說不愛，就可以不愛……

你的名字，或許，已銘刻在我心中；
這種感覺，你又能夠體會嗎？

或者，我要學習，不再對人容易動心，因為，感情送出了，就再也收不回來了！

或者，這也是為了保護我自己；
又或是，在我內心中，
我只是想將我的愛，繼續留給你罷了！

3 —— 親人式的愛

在一片大草原上，有一棵孤獨的小樹……

秋天的時候，小樹的葉，盡都落下了；
在大草原上，小樹，顯得額外的孤淒……

這時候，一隻黃色的小鳥，剛剛飛過這草原；
小黃鳥沒有選上其他有葉的大樹，卻偏偏選上了這顆孤單的小樹來棲身……

黃色的小鳥和小樹，成了好朋友……

小黃鳥在樹幹上築巢，希望小樹的樹幹，能得到多一點的顏色和滋潤……

小樹也常常看著小鳥，盼望春天能快些來臨；
這樣，當自己葉子茂盛一點的時候，就可以為小黃鳥，作更多的護蔭……

小樹和小鳥，一起分享著，慢慢成了莫逆之交；
然而大家都不知道，對方心中，在想著甚麼；
也不知道，對方想為自己所做的事……

就這樣過了秋天和冬天；小樹和小鳥，彼此在依靠著……

春天來了，原來小樹是一株果樹；小樹的樹葉，在春天繁茂地生長；
再加上樹上色彩繽紛的水果，香氣四溢，吸引了許多鳥兒來築巢……

有一天，在眾多鳥兒的喧嚷聲中，小樹突然發覺，黃色的小鳥不見了！
小黃鳥在無聲無息中，飛走了……

小樹尋尋覓覓，等了再等；然而，就是等不到，最深愛的小黃鳥……

小樹的枝葉越發茂密，果實更多；來棲息的鳥兒，也更多了……

小樹理應不再孤單；但每到晚上，小樹總是特別傷感，總在偷偷落淚；
因為他最掛念的小黃鳥，再沒有回來了……

秋天又來到，小樹的葉子又再次落下；
小樹，沒有了果實的香氣；所有的鳥兒，都飛走了……

小樹再一次陷於孤單中；
然而小樹沒有難過，因為他所期待的，只是小黃鳥；
小樹相信，小黃鳥在秋天，會再次飛回來……

然而等著，一年、兩年、三年……
黃色的小鳥，再沒有回來了……

小樹本是一顆優質的果樹，但在不斷的傷感中，慢慢耗盡了所有的養分；
在某年秋天，小樹，終於枯死了……

小樹枯死的時候，還是不明白，為何小黃鳥，要離自己而去……

小樹在將枯死的一刻，求上帝留著樹幹中的一點黃色；
小樹希望，有天小黃鳥回來，就能夠知道，小樹一直在等待著他；
小樹至死，還是在等待著，最深愛的小黃鳥……

這世上，有一種愛，是情慾上的愛，大家的關係並沒有永遠，彼此只是一種情人式和短暫的關係。
這世上，有一種愛，叫靈魂上的愛；大家可以互相溝通，心靈連結。
這世上，又有一種愛，實在是密不可分；這是親人式的愛……

小樹和小黃鳥，其實是屬於那一種愛呢？
或許最初，只是一份友情，只是一份單純的友愛；
他們互相依靠，互相幫助；進而，友情似乎昇華了！
彼此接著在情感上，多了一份獨佔性……

小樹總是想著小黃鳥；曾經小黃鳥眼中，亦只有小樹；
大家都不介意為對方犧牲，這是一份愛；

大家都將彼此，放在心中，這是一種愛情……

其實，小樹和小黃鳥，是兩個不同的階層；一個是生物，一個是植物；
但是，卻無阻他們之間的愛……

或許在現實中，基於大家不同的身分，很多人最終，並不能走在一起；
但如果彼此的情感，能化為一份親情的話，這種親人式的愛，是否可以讓彼此更親近，更走向永恆呢？

親人式的愛，可以是一種永遠的關係；
大家已經不可再分開，更不可分離；彼此總是在互相依靠著……

在世上，肉身情人的關係，很簡單，只是一些慾念和快感；
在世上，屬於靈魂的愛，屬於心靈上的伴侶，實在難尋……

如果能走進親人式的關係，愛與不愛，已經不再是重點；
重點是，大家有著一種責任，彼此亦有著連繫；
大家需要一起努力，一同繼續，生活下去……

今天，我和你，是屬於那一種愛呢？
如果你是我的肉身情人，靈魂伴侶，以及親人式的伴侶，那就最完美了……

然而，我知道，從來這些愛的獲得，總是困難重重；
不少人擁有的，只是情慾上的關係，最後卻還是感到失落；
有些人擁有的，是心靈上的愛，但最後，大家卻不能走在一起……

又有些人，擁有著親人式的愛，在平淡地過著每天，簡單而又充實的日子……

愛，從來都不只是一種漫不經心的累積，而是需要透過彼此的努力，才可以去達成；
有時，愛，又可以由一份劇烈的愛，轉化為一份平淡而持久的愛……

平淡而長久的關係，互相扶持，成為親人式的伴侶，其實不是很好嗎？
平淡而知足的生活，不也是很值得嚮往的嗎？

如果小黃鳥視小樹為一位親人，無論小樹變成怎樣，小黃鳥都不會飛走了……

不過世上，人的心靈，不停在變；
很多時候，靈魂中的相知和守候，實在是世間上，最難尋覓的一件事……

隨著時間的改變，彼此的溝通，已經不復從前；
曾幾何時的靈魂伴侶，到今天，可能彼此，都已經感到陌生；
如果這時候，遇上另一位能夠彼此溝通的對象，誘惑，真的很大……

小黃鳥或許希望，尋覓另一棵大樹棲身；然後，他就捨棄了小樹……

但如果小樹和小黃鳥能夠成為親人，親人式的愛，從來就是一種責任，不可輕言放棄；
反而靈魂伴侶，有時卻會隨著年日而轉變；
靈魂伴侶，可能一早對彼此的感覺，已經沒有了……

我的確，是在不斷尋找著靈魂伴侶，是否，只是一種執著？
親人式的愛，是種更穩妥的愛？
如果是親人式的愛，縱然今天你被人欣賞了，你今天被人喚醒了靈魂，但你也不會看不起我；
因為，我是你的親人，我和你，是一種密不可分的關係；你總不會放棄我……

我知道，我渴望靈魂伴侶；我也渴望，有親人式的愛；
我知道，其實你也需要……

在我們一起走過的日子中，或許，我們需要不斷更新，
以致我們，能夠成為彼此永恆的靈魂伴侶，以及擁有著，親人式的愛……

如果擁有親人式的愛，有一天，就算我真的不再是你的靈魂伴侶，也請你能用堅定的愛去繼續愛我！
也請你，給我多一點的時間去改善！
因為無論如何，我們也有一份，最深刻的親人式關係吧！

你知道嗎？這世界上，沒有任何創傷，會比失去親人更重更大的了！

在我珍惜你的時候，也請你能夠，好好珍惜我……

今天，我再次走到小草原，我再次見證著，另一顆小樹的重生；
我見到了一群小鳥，在重生的小樹上築巢；
我見到，有一隻特別金黃的小鳥，在吱吱地叫……

我希望，這小黃鳥，不要再突然離開這棵新樹了！
因為，從來彼此的相依，是一種不能分朝夕的甘苦與共；
小樹在未來沒有枝葉的日子，其實他惟一可以依靠的，就只有最深愛的小黃鳥……

從來彼此相依，
是一種不能分朝夕的甘苦與共……

我多麼希望，你能成為我的親人，
那麼，我們便不會分開了……

十一月十三日　陰

人生不斷的走著，經年了……

很多人，都在我生命中經過、流過……

在我生命中，很多人都走了，離去了；
我也再沒有心思，去將他們記著；
惟獨你，依然一直的，住在我心中……

或許在我內心，除了親人父母，
沒有人，更沒有事，會比你重要……

有些人，不見一陣子，我已經將他們忘記了；
惟獨你，你知道嗎？
你總在我心中，永遠被念記著……

其實，你已經忘記了我嗎？
如果是真的話，還請你不要告訴我；
或許我還希望，在心底中，仍有一份記憶存留著，
就是我想著，你還是依然愛我……

我多麼希望，你能成為我的親人，
那麼，我們便不會分開了……

十一月十五日　涼

今晚，天氣涼多了；
強壯的你，覺得冷嗎？

你看見燈影依依嗎？你看見滿天星光嗎？

每一個人，都有一些心底的故事；
每一個人，總有一些想告訴別人的說話；
但有時，卻不是很容易，就可以訴說出來……

因為，人總想保護自己；
特別想保護著，心靈中的一些傷痕與傷痛，不被撫摸與觸碰；
有些話，我從來都沒有機會，告訴你……

生命中的聚散，人心中的寂寞，
我不得不承認，總縈繞在我心底……

生命中，能夠抓緊一個既明白自己，又愛自己的人，實屬難得；
遇到了，總想設法緊緊找著，不想放棄；
因為實在，我不知道，在未來的日子，
還可不可以，再尋索到這份愛……

你究竟距離我是遠？還是近？我並不曉得。
我只知道，在燈火闌珊處，在細碎的步履中，
我滿眼望去，全都是你的影子……

真的，我很希望，你是我的親人，
那麼，我就能夠，永遠見到你……

4 —— 這是一場，不再值得的愛戀

我和你一起，都已經四年了；但你陪伴我的日子，真的很少；
每逢長假期，你要出差；但每逢你平日放假的日子，我卻要上班……

從前，我們總能好好溝通；但到今天，我們總會爭吵不休……

你說：「我想買一輛單車，可以在放假時做運動。」
我說：「你從來做運動，都只有三分鐘熱度；不如你到健身室，踏踏健身單車算了。」
你說：「在馬路上踏，和在健身室踏的感覺，根本完全不一樣。」
我說：「香港路面車多，又沒有單車道，根本不適合踏單車，很危險的。」
你說：「我的事不用你管！我真的沒有很多時間與你解釋。」
我說：「我只是想顧及你的安命罷了！」

幾天後，你和我說：「不如大家冷靜一下，設一個冷靜期；好讓大家在這段時間，想清楚彼此，是否真的適合，一起再走下去；如果大家在這段時間，找到更適合的對象，那不如，我們就此算了……」
你說：「我真的抽不出很多時間陪伴你；加上我的人生，其實較愛自由；大家這樣勉強走下去，也沒有幸福……」

你說：「在這半年的冷靜期中，真的，大家想清楚，我們是否都適合對方吧！」

其實，我還是愛你的；我似乎，沒有辦法不接受你的提議；
因為，你已用行動說明，你並沒有時間陪伴我。
冷靜期一開始，你就拒絕再見我；你也立時，不再回覆我的訊息……

其實，這是分手的前奏嗎？
你說這是冷靜期，你說用這半年時限，讓彼此認清是否還愛對方；同時，還可自由結識異性；這想法，是否太獨特了？

你說：「我其實，是不想拖著你……」

你究竟還愛我嗎？你是想設下這冷靜期，好讓大家的關係，能夠得到改善？
還是，你根本已不愛我？你想大家慢慢地分手？
誰人會在冷靜期，容讓對方，認識其他異性的呢？
或是，其實你一早，已有其他人了？你只是用冷靜期，做一個掩飾？

我問你所有問題，你都再沒有回答了……

我們一起，都已經四年；四年的感情，我實在珍惜……

或者，你與我，是否再沒有見面的機會？

是否你與我，彼此就如此緣盡？你是否想用這冷靜期，離開我了？

在這段冷靜期中，我真的有所冷靜；
在冷靜以後，我還是，會再想起你……

我想起我們，常常有很多衝突，有時各不相讓；其實，我是需要改善的；
我們都一起去改善，好嗎？

或者，我又想起，其實你沒有很多時間陪伴我，我也應該要體諒；
因為在香港，誰人會不忙？誰人會有很多時間？

或者，你設這個冷靜期，實在是想改善我們彼此的關係；
讓我們能夠重新，反思我們的相處方式；
我盼望著，與你再走在一起的日子，我會變得，不再一樣……

或者半年後，我與你再走在一起，我會知道，應該向你說甚麼話；
就是應當說，更多讚美和體諒你的說話……

但是，其實在我心中，亦有害怕；
因為，在半年後，我們再遇，我不能夠知道，在你心中，還有沒有我……

或者，你已經愛著別人了；可能，你仍然有念記著我；
又或是，其實，你仍舊深愛著我……

相信那時，我會和你說：「我們半年沒有見面，你還好嗎？」
跟著，我應再沒有其他話要對你說了；因為說完這兩句，我應該，只懂得慢慢掉下眼淚……

這半年，沒有你的日子，我的確很寂寞；
我一個人逛街，一個人吃飯；
我一個人散步，一個人看戲……

在沒有你的日子，我也學習自愛；
我也在學習，多與自己相遇；然後，我可以更愛自己；
我亦希望最後，將來可以更愛你……

其實，這半年，在我心底裡，是很難過的；
因為，我好像還擁有你；但又好像，我已經失去你……

終於，半年過去了，冷靜期過去了！
但如我曾經所想，你真的，沒有再回來了！
你沒有再回覆我的訊息；你好像，突然消失在我的世界裡……
我傷心了好久，也不知掉下幾多的眼淚；
然後，我嘗試努力，慢慢地，去愛另一人，讓他來取代你……

然而，這些日子，我不斷交往的，都只是一些淡然的往來；
大家來與去，都沒有甚麼痕跡和期盼；
因為，我的心，其實，一直都只想念著你……

是的，總有很多人，在我身邊走過，不斷的流過；
人生的相遇，感動總在頃刻；
有時候，我能夠找緊的感動，其實，都只是在那短短的一瞬間；
但是我的感動，都給你了……

當我在街上，遇見與你相像的人，我會不期然地，望著他們；
你知道嗎？當我看著他們時，我好像又再見到你……

的確，我的肉身，在這些日子，也有和一些人交往著；然而，我的心，卻是靜止的；
因為沒有人，可以再次掀起，我心中的愛意；因為，我發現，愛，原來只有一次；
而我的愛，都已經交給你了……

今天，我認識了一位新同事，他無論在樣貌上、氣質上、性情上，都很像你；
所以我忍不住，常常都望著他……

有時在與他吃飯時，我發覺，他與你，實在有太多相似的地方；
我留心地聽他說話，但是我的心，一直都在想念著你；
我每次聽他說話的時候，我總是，想起了你的曾經……

或者，你仍然有你的忙碌，你都已經將我忘記！

是的，作為同事的他，知道我的情況，陸續有邀約我吃飯；
我真的，越來越受感動……

你們還有許多相似的片段和故事，你們實在是太相像了！

或者，在每人的生命中，總有不同；在他說話的內容中，我慢慢地，被吸引過去；
或者，我本來是想，在與他談話當中，更多見到你……

現在，我開始真正的望著他；我開始慢慢的，再沒有很想你；
我開始對他，有了一點點的感覺，好像，當初我對你的感覺一樣……

今晚，你突然來電找我，問我去了那兒；我很驚喜，我向你說了一個謊，我說：「我和女性朋友走在一起。」
是的，其實在我心中，對你，還存留著感情……

我想著，其實我愛的，仍然是你，不是他；
你突然來電，是否，想和我再走在一起？

但是我再想，在這一年多裡，你離棄了我；而這幾個月，他卻不斷的陪伴我；

我和他這數月，已經共進晚餐十多次了……

或者，女生是需要被關注，被陪伴和被了解的；而被陪伴，就尤為重要……

而你，從前總是將我放在一旁；後來，更設了半年冷靜期，又說當中，可結交其他異性。

其實，你根本是想將我，推向別人！

現在，你突然來電，問我去了那裡；你知道嗎？我想要的，可不是這種交往。

我想要的，是實實在在，彼此能夠走在一起；特別是在心靈上，我能得到滿足和安全感……

我對他，可能已經有興趣了，我只是沒有將實情告訴你；

或許我仍然希望，你會再次愛我……

真的，你突然說：「我很抱歉！我在冷靜期想清楚後，還是想和你走在一起；雖然我知道，我們已經沒有交往，一年多了……」

你再問我：「這段時間，你有沒有結識其他異性？」我說：「並沒有。」

其實我沒有撒謊，我真的還未打算，和他走在一起……

其實在我心底裡，還真的愛你嗎？我是想一腳踏兩船嗎？我都不知道。

在我心底，我還是愛你的，但是，你似乎，再給不了我安全感；

我不知道突然在那天，你又訂立甚麼冷靜期……

是的，我開始，想選擇他了！
我並不是移情別戀，其實，是你先想放棄我！

如果你能像他那般努力，一直的陪伴著我，愛著我，願意了解我的話，我會只愛著你；
但是，你知道嗎？你從前，在做著甚麼呢？
從前，你常常不回覆我，常常讓我久久等待；
從前，你又說我們的關係，已經很穩定，大家不用花太多時間去溝通；
從前，你常覺得陪著我，是在虛耗光陰；
最後，你更設下一個我毫不同意的冷靜期……

其實，人與人之間的關係穩定了，彼此就不再需要努力嗎？
如果人與人之間的感情發展，是這樣容易處理的話，就沒有這麼多的感情瓜葛了！

其實我想，你總是將我放在一旁，你總是，先顧著你自己吧！

今晚，他又再次來電找我；
其實我也不知道，我是不是，只是他眾多女性朋友中的一位；
但相對於從前你對我的種種，我開始想選擇，和他走在一起了……

或許，我已經難過，超過一年了！
你不會明白，我當中所經歷的傷痛，究竟有多深！

今天，我醒了！我想，我應重新出發！

我打電話給他，約他外出；
我是時候，給自己一個機會，雖然我知道，他不一定喜歡我；
但我知道，在我心裡，已經慢慢地，再沒有你了……

讓我們的關係，
在無聲無息中完結吧！

我和你，只是一場，
不再值得的愛戀……

二月三日　冷

其實這份愛，是朦朧的，是沒有留下甚麼痕跡的……

從來，羅列在我心坎中，
只是下墜一瞬間，一份愛的落空罷了！

不要問我究竟還想要甚麼，
或者我已經習慣了，一份徒然的悲傷；
我已經習慣了，一份無聲無息的孤寂……

從來你都要如此的對待我，就是總沒有一句回應……

究竟，我還可以再作甚麼？
我還要再等下去嗎？
我究竟在等著甚麼？

其實，我對你這麼好，總以真心對待你；
我全心全意愛你，一切都為你著想；但你呢？
大家的空間都有限，可以做的，我都做了；
可以關心的，我都盡力關心了；
但是，你卻一直逃避我……

其實，我還可以再做甚麼呢？

終究一切，如果應該是一種了無痕跡的完結，
那就讓我們的關係，在無聲無息中，完結吧！

二月四日　冷

或者人生最重要的，
是成就今天的生活，能夠掌握今天的真實……

或者，在我心中，你已經成為一種過去式了！
你在我心底，已是一抹泡影了！

你安排甚麼冷靜期，我除了尊重，
還有甚麼話可以說？

是的，我的人生，還需要繼續向前走；
是的，我的人生，還需要繼續積極地去追尋……

或許，我需要忘記你；
我需要忘記我們之間，曾經擁有的一切……

我也知道，你只是，屬於我曾經擁有的一瞬心影；
最後，是連一點一滴僅有的痕跡，都再沒有了……

然而，你可知道，你這一瞬間的出現，
卻讓我到如今，都不能忘記；
所有流離的記憶與傷痛，

到如今，對我而言，還是歷歷在目……

是的，從來我認真去愛，
換回來的，就只有追憶和思念……

我認真去對待的人，
從來你就不發一言，離我而去……

從來，我打算好好地與你相處；
我願意不去計較，只求付出；
但當我加倍愛你的時候，你卻將我，棄如草芥……

我知道，這是一場不對等的愛；
或許，這根本亦只是一場，不再值得的愛戀；
你的冷漠和殘忍，只讓我不停的難過……

或許我被迫要做的，
就是選擇，不要再對你認真了……

5 —— 我是因為金錢而喜歡他

有時候，我是否不要將眼目，只放在一個人身上，這樣會更好？

我日思夜想的，都是你；
最終，你總不願給我一個承諾；
最終，你也沒有再回應我一句……

有時我想，我將愛，只單單的給了你，這是否很愚昧？
我是否應該，將愛更多去拓展？
我是否可以，去認識更多的人？

現今社會，很多人，已經沒有將愛，只專注在一個人身上；
有些女生，會喜歡收兵，因為希望，能與更多異性結交；
女生亦希望，有更多異性，在不同管道上，去幫助自己……

或者，收兵，我並不想；
但當一直，你也沒有給我很穩固的保障時，我也想多認識其他人，多給自己一點安全網……

從來戀愛，都是一場很大的博弈；
我愛著你的時候，我就是愛得奮不顧身，我就是愛得不顧一切；

但當我愛著你的時候，原來，你根本就不很愛我；
或是，你也有很多自身的考量；
或許最後，我狠狠輸掉一切時，我才醒覺，我並沒有保護自己，是否已經太遲呢？

有時我想，我擁有的你，對我，總是有點若即若離；
如果我還同時，與其他男生發展關係的話，這是否對我來說，是一個更大的保障？

我年紀都不小了！
其實，我沒有幾多青春，可以被你去消耗。

我想，當你沒有很愛我時，我還有其他人的愛，可以填補，我情感上的空隙；
當你忙著的時候，我還有其他人，可以陪伴著我……

其實，你覺得我是自私嗎？還是，自私的人，其實是你？

如果你有全心全意愛著我，你會覺得，我還想認識其他人嗎？
如果你有全心全意愛著我，其實，我也會全心全意地，單單只愛著你……

從來我的愛，都是專注的；但有時，我真的缺乏安全感，
特別是在被陪伴，以及在金錢這兩項課題上……

我其實不是那些花心的人，也不是那些得一想二，貪圖更多情人的人……

今天，我們一起共進晚餐；
你說：「我未來工作，應該會越來越忙；我下兩個月，都沒有太多時間陪伴你……」

其實，我們只是一星期見面一次；有時，甚至是兩星期，才會吃一次飯；
是的，大家工作都忙……

其實，真的對不起，我開始想著，和其他男生交往一下；
其實深究原因，是因為，你根本沒有很愛我；
你也沒有，給予我適度的安全感，以及給我適切的關懷、陪伴和承諾；
你也沒有讓我的眼目，只專注於你……

我明白你的忙碌，但你可以，給我多一點言語上的關懷嗎？
但你總沒有……

其實，我是為自己更多認識其他異性這行為，去尋找藉口嗎？真的不是。
我只是想為自己，尋找更多陪伴和保障罷了！

其實，你會知道我心底的難處嗎？
我心裡，常常都想著你；我肉身，常常都在等著你；
但最後，又如何呢？還不是換來，彼此越來越少的見面時間……

或許與不同的男生交往，讓我覺得，自己還有一點點的價值……

你說：「你也沒有太愛我，你總不能明白我的難處。」
其實這真是一個死結！
大家在尋覓愛的過程中，你我永遠都無法，解開這個不能好好溝通的結……

在我心底，其實真的很希望，只單單愛著你；
但你對我，總是忽冷忽熱；有時，甚至是不聞不問；
我真的不知道，可以如何自處……

特別是在金錢的處理上，我們一直都沒有共識……

你可以愛我更多嗎？
你可以給我更大的承諾嗎？
我們可以有更多目標一致的財務安排嗎？
只要你能夠更多愛我，我一定給你最適當的回報；我也一定，只單單愛著你……

是的，今天，我剛認識了一位新人……

我沒有為自己尋找藉口，我是想更多認識其他異性；
我想尋求更大的安舒，以及未來的幸福……

我和你，都拖拖拉拉很多年了；你說男生要先有事業，才有家庭……

我說：「我們可以先結婚，租屋居住；再存錢買房，可以嗎？」
你說：「租了屋，就沒法存錢了！我們先各自，住在自己的家裡吧！有了首付，我們才結婚。否則，我們永遠都沒有自己的居所。」
我說：「不如我不工作，去抽國民住宅好嗎？」
你說：「你這幾年的開支怎麼辦？你還欠下不少大學貸款……」

原來，要建立一個家庭，對我來說，是很遙遠的事！
我只是想有一位愛我，又願意給我一個家的人……

結婚，你總說不願意；你說：「大家連買房的首付也沒有，如何結婚呢？」
你說：「我不想大家在婚後，會捉襟見肘，常常為生活的開支而煩惱；現在大家都自由安好，不是更好嗎？」

其實，我覺得，你並沒有很愛我……

愛一個人，你不想天天和他走在一起嗎？
愛一個人，你不想給他一份永遠的承諾與保障嗎？
愛一個入，簡單就是生活，平淡亦可以是生活，何需很介意？

今天，我面對著認識的新男生，如果兩個人都愛我，我真的會選擇，比較富有的一個……

是的，我和你一起，實在貧窮許久了；
但其實，我一直都沒有介意……

晚上吃譚仔米線又如何？坐在小吃店吃一餐，又有甚麼關係？

生活的富足，來自心靈的滿足就可以了；
不過，你常常提著，我們金錢不足，大家要努力存錢，才有未來；
但是，我從來，見不到這個未來的時間表……

其實，我不是對你沒有信心，是你自己對自己，沒有信心吧！
我聽著你的說話，也聽得有些很悶了……

是的，請原諒我！
我想，我會選擇金錢，我會選擇富有的他……

其實從中學開始，我和你就相知相遇；
有時候，我們會吃著一杯冰淇淋，因為不夠金錢購買兩杯，我們就兩個人吃著一個；
不知為何，能與你享用一杯冰淇淋，我感到無比快樂……

是的，分甘同味，原來心裡，也很快樂……

那時候，我們沒有太足夠的金錢；

我們試著去吃一頓高檔午餐，我們分著一份牛扒意粉……
你總是說：「我不太餓……」你總將很多的意粉都給我；
我也總是說：「我都飽了！」我將牛扒和意粉，都留給了你……

我只希望，能夠在與你聚餐時，快快樂樂地交談；
回家後，很多時，饑餓的我，會煮一個公仔麵給自己吃，但我也感到滿足和快樂。

就這樣，我們度過了很愉快的中學階段；
沒有金錢的日子，我們都習慣了……

大家共同進退，沒有太多的艱難；彼此心裡，反而很喜樂……

我上了大學後，你就出來社會工作；我們為著將來，一起存錢……

或者在香港，就算是大學畢業生，初出來工作的薪資，也不會很高；
而你作為一個小小的銷售員，有時更只是拿取底薪，沒有很多額外的薪資了……

我們出外晚飯，仍然只是到一些茶餐廳、小吃店之類；因為我們的金錢，實在不多；
假期，我們會到公園走走，去離島行行，呼吸一下新鮮的空氣；
因為這樣，就不用太多金錢消費了……

我和你，由中學到現在，不經不覺，已經走過了八年時間；
這段光景，一點也不短⋯⋯

或者，我在大學的時候，和你很不一樣；
我開始認識了不少，富有的同學；他們每一餐，都在高級餐廳裡吃喝；
而我，總是買著便當；回到宿舍，自己一個人吃；然後，我與你在線上聊著天⋯⋯

是的，我發覺，我接觸的人，都開始富有了；
我望著他們的時候，有時我想，就算我大學畢業，但還要再捱上多少日子，我才可以擁有，一個屬於自己安舒的家？

今天，是我在職場工作，超過三年的日子了；我們也認識，超過十年了⋯⋯

在這些日子中，我們奠下了深厚的感情根基；
可是，我卻越來越覺得，生活實在很艱難⋯⋯

我要清還政府給我的大學貸款，我要提供金錢給家人使用；
我要給自己一點日常開支：例如飯錢、交通費、服裝費等等，一點都不便宜；
我發覺，每月可剩下的金錢，一點也不多⋯⋯

我和你，仍然是去小吃店，去茶餐廳吃飯；
我們十年前和今天的生活，好像沒有太大分別；

我和你之間的所有事，也不見得，有甚麼進步……

原來生活的擔子，是這麼的重；我的工作，更是日以繼夜的；
我開始感到很大壓力；我開始覺得，生活是很辛苦……

有一個人追求著我，他是我的上司；他薪水很優厚，學歷亦很高……

今天，他駛來一輛高級私家車，接載我去兜風；
是的，我並沒有推卻……

有時，我們一星期會兜風一次；現在每天下班，他也送我回家；
今天早上，他更開始，接載我回工作地點……

或者，我開始感受到，駕車出入的方便，有人接載的溫暖……

在車程中，我和他越談越多；
然後有一天晚上，他送我到常與你晚飯的地點；我曾告訴他，我們常常來這裡晚飯；
那天，你見到了他……

我想，可能他是刻意這樣安排；
我也有點愚昧，不應讓他這樣做……

你見我下車的那一刻，你臉色都變了；

我知道，在你心裡面，很不是味兒……

今晚，我們兩個人，坐在茶餐廳吃晚飯的時候，你默不作聲；
我也不知道，應從何說起；大家心中，好像多了一層厚厚的隔膜……

我望著面前的牛扒意粉；從前我們兩人吃一份；今天我們每人，可以擁有一份了；
但是，我不知道，這種仍然要不斷辛苦存錢的日子，還要捱上多久……

你突然告訴我：「我已存了十多萬，會買入一些高息的股票增值；未來，可以擁有屬於我們的房子；可以擁有，屬於我們的家了……」

只是十多萬嗎？我知道，你已存得很辛苦，實在也很不容易；
但是沒有幾十萬作首付，在香港買房，實在談何容易？

我想著，我還欠政府十多萬大學學費及生活費貸款；
我也在努力存錢；但是，我真的很累了……

我想著他，他住在尖沙咀海旁的豪宅，一個人居住；
他的條件，實在太吸引我！

第二天，他在接我上班時，問了我一句：「你的小男朋友，真的很適合你嗎？」

我望著他，我知道他的心意；
是的，一個成熟的競爭者，說話總是直接了當……
我知道，他覺得自己，在各方面的條件，都很優勝！
我望著他，然後坦白的說：「其實我也有一點點的累……」
我說：「其實我和你，已經到了一個瓶頸，好像沒有甚麼突破，也沒有甚麼出路……」
他很高興，接著說：「如果你願意，我們可以走在一起……」

我猶豫了兩晚……

我回家，看著年老的父母，我看著還年幼的弟妹。
我想著，我幾時可以回饋他們？
我很想，我幾時可以有一處泊岸的地方？
我很想，有一個人能夠照顧我；
我很想，抓緊今次的機會……

縱然，我還會繼續努力工作；
但我不想，再為日常開支、房子首付、大學還款等，天天去計算；
我更不想，為著每天到那裡吃飯，可以便宜一點，不斷地去籌算；
是的，我是因為金錢，而喜歡他……

在現實環境中，真的，如果兩個人都愛我，我真的會選擇，比較富有的一個……

請原諒我的選擇！
有時，我真的是如此無能為力！
未來，我也想有更舒適的生活……

我不是不愛你，而是我更愛，未來有一個安定的環境……

希望，你能尋找一個值得你愛的人；
對不起，對不起，對不起……

如果兩個人都愛我，
我真的會選擇，比較富有的一個……

我不是不愛你，而是我更愛，
未來有一個安定的環境……

二月十六日　冷

要愛一個人，有時，真的有點難；
要尋找真愛，更是一門，很深奧的功課……

能夠去愛一個人，是一種幸福；
能夠持續地去愛一個人，更是一種很甜的心靈活動……

當中，人與人的交往，
從來不是簡單憑想像可完成；
還需要透過很多現實上的努力，
愛，才可以完整……

愛，也不是靠我一個人的付出就可達成，
還要我和你在共同交集的願望中，相同期許的努力下，才會有成果……

很多時候，情感問題可以解釋，但不代表可以輕易解決……

愛一個人，尋找真愛的功課，
確實，是非常艱難……

對不起！是我做得不好！
請你原諒我……

從來，
思念，是一種痛

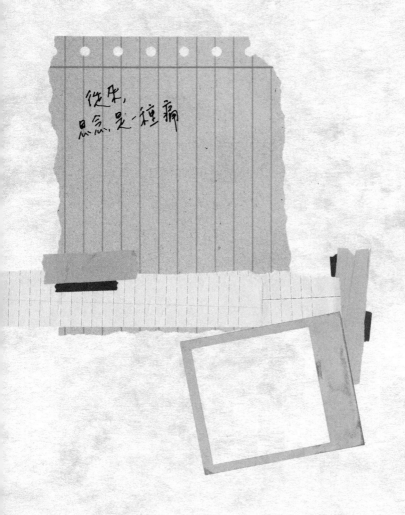

甚麼叫怦然心動？
就是在心神恍惚中，我會驀然地，想起了你……

我的心，好像適時停住了；
然後，我的心，又會再次躍動，並跳得特別的快；
為的，是在深深掛念中，我總呼吸著，只屬於你的空氣；
我想見到的人，只有你……

日出日落，星月聚散；
生命中，沒有必然的付出，惟獨我愛你，卻是……
點點滴滴，留著細碎愛的痕跡，你知道嗎？你見到了嗎？

我知道，一切，或許都只是屬於我的一份希冀；
生命中的偶遇，需要兩個人的同步共行……

我知道，你一直都是這樣的出眾；無論文學、數學、物理、體育，你都考取了全級第一；
最重要的，是你謙虛溫柔的態度，以及你俊俏的外表；
從來在中學時，你就是所有女生的白馬王子……

我是何許人，曾經能與你走在一起？
我是何許人，曾經能與你一同追夢……

我一直，都很感謝你對我的厚愛；在云云女生中，你選擇了不太美麗的我；
你說：「我就是喜歡你心裡善良，我亦欣賞你對生命的溫柔與堅持……」

感謝你對我的欣賞！感謝你對我的愛！
點點滴滴的回憶，確是，一場最真實的回憶……

我想著，最後無論你是愛我，還是不愛我，
我還是會選擇，在心底，默默地去愛著你……

那年秋天，你要出國留學；而我的家境，並未容許我有這個選擇……
我知道，我們這一別，起碼會是四年，甚或更久……

沒有人會知道，愛的堅持，是否真的可以因著地域的不同而維持；
也沒有人會知道，你最終學成歸來，是否仍然會選擇我……

不過在茫茫人海中，我能夠與你相遇，我能夠曾經，走進你的生命；
我相信，這已是一種緣分……

是的，最後，你沒有選擇我！你選擇了，自己一個……

其實你會知道嗎？你的選擇，給我帶來多大的難過！
你給我，帶來一場多無奈的傷痛！
你給我，帶來幾多徬徨無助的時刻！

但如果，讓我再一次去選擇，我還是會選擇，能夠曾經認識你；
沒有甚麼特別原因，只因為，我依然愛你……

記得你第一年的大學暑假，你從美國回來陪伴我；
你說：「我會盡最大努力，在假期陪伴你；時差不會成為我們的阻礙，地域分隔，也不會……」

我很感動！因為，你真的很努力地，去愛著我……

言猶在耳，你回美國後，就已經沒有很多回覆我的短訊了；
從前我們還會約定時間，一起視訊傾談；但現在，你連我的訊息，都已讀不回了。

你說：「我的功課真的很忙，我開始應付不來。」
是的，我知道，作為高材生的你，入讀了一間著名的美國大學；
你實在需要，刻下苦功，才能有優異的成績畢業……

接著第二年，第三年的暑假，你也沒有再回來；你說，要在暑假實習，更忙！

我本想到美國找你，但奈何，我需要在香港作暑期工作，以賺取來年的生活費；
加上你住宿舍，我來美國，需要租住酒店，費用實在太高昂⋯⋯

是的，其實我知道，我是留不住你的了！
我知道，最後，你會離開我的了！

很久了，都再沒有你的聲音；
很久了，都再沒有你的訊息；
很久了，你也再沒有回覆我⋯⋯

我知道，你真的走了⋯⋯

曾經你說：「很抱歉！我這邊的網路，沒有香港那麼的快；我有時間，有網路的話，我定會回覆你。」

其實，人只要有願作的心，一切的科技通訊，都會變得發達先進；
若人不看重對方，不願意回覆，就算有多先進的科技，也沒有用⋯⋯
我知道，一切都只是藉口；其實，你是想選擇，離開我罷了！

但你知道嗎？
的確，你是走了，但我的肉身，我的心，卻還是為你不斷停留著；

我久久都不知道，我應何去何從……

那一年的夏天，我知道，你大學畢業了！
我盼望著，你會回來找我；怎知過了暑假，我都接不到你任何訊息。

我知道，我的希望，又再一次落空！

有一天，我突然收到你的短訊；你說：「我現在升讀研究院，比從前更忙；你願意繼續等待我嗎？」

見到你這訊息，我淚流滿臉；我一直都愛著你，我怎會不願意等待你呢？

你知道嗎？在我的雲端記錄上，記載著甚麼呢？就是一些，我們共同的經歷、照片和文字感受；一段段最美麗、最珍貴的回憶，都只屬於我和你……

在這我們共同擁有的空間中，這些檔案，是被你與我，共同保留著；
雖然這四年多，我們的情感好像慢慢消退，但這些雲端紀錄和檔案，所釋出來的感覺，卻讓我，總不能忘記你；
每當我看著每一個加密檔案時，都見著我與你的記憶，這時我的眼淚，就不經意地，流下來了……

緣起緣滅；這四年多與你似有還無的感覺，總讓我，感到一份難以形容的痛；
我願意多等你兩年；今次，希望你不會讓我失望……

你這兩年讀著研究院，我都盡量不打擾你；
怎知道，兩年後，你對我說：「我要繼續升學，讀上博士學位；因為，我想取得美國居留；
我還需要在美國，尋找工作……」

你又說：「其實我在美國，一直都找不到工作，所以我惟有，繼續讀上博士學位。你會來美國嗎？
不過，這裡找工作，並不容易……」
接著，你緩緩地說：「我想，我們兩人，似乎走在不同的光景中，我們似乎，是走不下去了……」

你又說：「作為一位博士研究生，我比從前更忙；或許，我暫時，都只想一個人生活……」

是的，我忘記了，你一直都是成績優異生，你是很喜歡讀書的；只是，我沒有想過，你的人生時間表裡，根本就沒有我！
我更沒有想過，你叫我等待你，但最後，你卻先想放棄我……

我再次望著，我們雲端上的資料和記錄；
我應該是保留著這些我們共同擁有的資料，還是將其刪除掉呢？

保存著，就是留守著我對你，曾經的一份眷戀；
但這卻同時，添加著我心中，一份莫大的不捨與迷惘……

每次看著每一個屬於我們的電腦檔案，我的悲傷，總是不自禁的，泛過我全身；

因為，我只能見到我與你的共同檔案，但已經，再見不到你了！

是的，我知道，有些情，已成過去式的了；
有些愛，要追，也再追不回來了！

我需要慢慢的，去忘記你；
我知道，你不會再與我走下去的了！
我需要慢慢的，去忘記你；
我只願你能再一次明白，我曾經對你的愛，就夠了⋯⋯

你知道嗎？在這許多年中，我對你的等待，總是夾雜著安然與悲傷；
我對你的期盼，心中，有時總充滿著甜笑；
但我心中也知道，其實，我是等不到你⋯⋯

是的，情感，需要經歷時間的洗禮，才能夠被肯定；
情感，需要經過時間的流逝，然後，你才會明白，你才能知曉，我曾經是如此真心的，愛著了你⋯⋯
慢慢的，漸漸的；同樣，感情中的承諾，以及感情的前進，有時亦會基於現實的環境，說停就停⋯⋯

今晚，我慢慢呼吸著，深秋中的空氣；
我慢慢傾聽著，自己內心的聲音；然後，我再慢慢的，想念著你；
但你知道嗎？我的眼淚，也同時，緩緩的，再次流落下來⋯⋯

我與你，似乎再沒有甚麼交集了！
我給你傳訊息，你都再沒有回覆我了！
有一天，不知為甚麼，你更封鎖我了……

是的，在現今先進的通訊設施中，人與人之間，很喜歡用「封鎖」這功能；
人往往，喜歡用不讀不回，或者已讀不回這些方法，來處理，人與人之間的感情關係……

這些已讀不回及封鎖的方法，是代表關係的淡出嗎？還是代表，關係的漸漸冷淡？
又或是，更代表，關係的永遠結束？

你是想我，對你死心嗎？

但你知道嗎？被人封鎖的感覺，的確是很痛的；
特別封鎖我的人，是你……

有些人的不讀不回，或者過一陣子，我接受了，心裡就沒事了；
因為那些人對我來說，你退，我也退；
因為他們在我心中的位置，根本並不重要……

但是，你知道嗎？你的不讀不回，卻讓我，傷心了很久；
因為，在我心裡面，只有你一人；我從來，就放不下你；
你現在甚至封鎖了我，讓我覺得，特別的難過……

或者，是因為我沒有想過，你會如此的對待我；
或者，是我投放了太多的感情，在你身上……

從來認真去愛一個人，是很艱難的；
從來愛情，就是一場很大的冒險；可以讓人，隨時跌得粉身碎骨……

我應該選擇，繼續去愛著你？
我還是應該選擇，不再去相信愛情？

我在手機上，看著你已讀不回的信息；再進一步，是不讀不回的信息；
我的眼淚，還是不禁的，又再次流落下來……

是的，愛情讓人很難過；為何愛著你，讓我感到這麼痛楚？

其實，我常常想著，曾經是你叫我等待你，最後，你的離去，究竟是一回怎麼樣的事？

或者，是我自己一直的愚昧，以為信守承諾，是正確的；
其實，是我一直對承諾，作了錯誤的理解嗎？

你認真地說，很希望我能等待你；
當時，我體會你的心情，我明白你背後種種的困難；我也懂得，你聲音裡面的顫抖……

或者就是因為這樣，讓我如此決定，無論如何，我總會等待著你……

但原來，這種等待，似乎只是單方面的；
這種等待，似乎只是我的一廂情願；
這種等待，似乎只是，在我每一次失望以後，再存希望；然後，又再次失望的循環與盤旋罷了！
我等待你，足有六年多了！

你知道嗎？如果這個人不是你，我一早，就不會再等待的了……

其實，你是否已經忘記了我？
是否，你無聲的離去，就是要告訴我，要將你忘記？

其實你常常說很忙；是的，從來忙碌，都是一個最方便推卻別人的藉口吧！

其實，我對你，從來都是無所適從的；到今天，我也不知應何去何從；
我站在路中，不知道應該是向前走，還是往退後？

我陸續，收到很多朋友結婚的請帖；
我知道，朋友們在成家立室的時候，我卻仍然在等待著你……

今天，我是應該，選擇往後退了！

縱然我望著面前的路，我彷彿，好像見到了你……

你，實在讓我太失望了！
曾經的痛，讓我似乎，不能夠再信任愛情……
我要離開了！我等你等得太久了！
我以為異地戀，是可以期盼的；但原來，沒有真實見面的日子，
單靠電子通訊，大家的感情，根本是維持不了……

我應該一早就想到結果！但只因為愛你，所以我一直願意，等你下去！
現在，我夢醒了！我應該是時候，離去了……

我以為異地戀，是可以期盼的……
從來，我沒有不愛你，
是你沒有讓我，繼續愛你下去！
孤寂不是一個夢，
而是一種，銘刻在心上的痛……

十月廿八日　陰

愛一個人很難，能夠持續去愛一個人，更難……

特別是在你的無聲無息下，
在你毫不顧及我的感受下，
我能夠繼續去愛你，真的很難……

人始終每天，都要面對殘酷的現實生活；
人也總要面向，真實的自己；
人面向對方，總有許多要求；
人對自己，卻一點都不嚴格……

或許你對我，總有許多的不耐煩；
我明白的，當中究竟是你的過分要求？還是我的錯？
有時，我都弄不明白了……

去愛，我要用力，為何，我不選擇被愛？
這是否容易一點？是否簡單一點？
淡出這份艱難的愛，彼此無言，
是否我們一個最後及最好的結局？

你告訴我，一切已結束了，
所以最後，就以彼此無言，無聲無息的，作你我的結局；
我們的通訊紀錄，在某一刻，的確是停止了；
我以為，這只是暫停，原來，是你永遠的消失……

我從來沒有不愛你，而是你沒有讓我，去繼續愛你罷了！

是否，你這種無聲的淡出，可以減低我們彼此間的傷害？

或者，當我已經耗盡所有力氣時，你還是沒有回應；
我可以做的，就是只有默然退場；
然後，自己在寂靜當中，慢慢地去舔傷……

我不想再讓任何人知道我的痛，包括你……

十月卅日　冷

有緣再聚，是一句多麼令人難堪的說話；
有緣就可以再見，那甚麼是有緣呢？

我們曾經共度美好的歲月，你都忘記了嗎？
我曾經努力地去愛著你的日子，你也忘記了？

甚麼是緣分？
緣分，是需要透過人的努力，去配合的……

你自私自利地離開了我，為何要如此？
你帶走了我的盼望，讓我在淚水中浮沉……

幾多失望和失落的片段，一一呈現……

我不斷的追問自己，我究竟做錯了甚麼？
我有必要，承受這樣的結局嗎？

在奔波的歲月中，你不停的努力；
是否，你就這樣忘記了我？
是否，你已經徹底地愛上另一個人？

深愛，不是一朝一夕去建立；
深愛，需要透過很長的時間去堆積；
我們曾經這麼艱難去建立的關係，
現在，就這樣隨雲煙消散了嗎？

在歲月燈影的映襯下，我望著面前的一杯雞尾酒；
酒的成分很少，但卻已讓人很醉……

或者我希望能夠去醉，因為酒醉以後，我就可以忘記你；
我可以暫時，忘記心中的所有悲傷……

孤寂不是一個夢，而是一種，銘刻在心上的痛……

7 —— 我在蘭桂坊的日子

蘭桂坊，是我曾經常去的地方；因為在那裡，可以不需負上任何情感上的責任；
只要你望著我的時候，我也望著你；大家眼神交流了，再每人來一杯酒；
然後，你再請我喝一杯；跟著，大家就明白對方的意思了……

其實，這是一種沉淪？還是一種享受？

沉淪，是大家只在意這一杯酒之後所發生的事；
其實中間，一點感情活動也沒有，一點心靈活動也沒有，更遑論愛……

這是一種享受嗎？我覺得，當中，我像被需要著；
我感到自己，好像還有一些吸引力……

其實，這是一種自欺，也是一種自虐；在過程中，我的確，享受了短暫的被陪伴和快感；
的確，我贏取了所謂的被欣賞；其實最後醒來，卻甚麼都再沒有了……

從來感到失去，就是這種只有肉體，沒有心靈活動的總結……

是的，曾經，我沉溺在這些價值裡；因為，我突然失去了你的愛，更失去了金錢；
我很難過，我在情感上，完全沒有出路；

我還想尋索，點點被需要的價值與感覺……

記得那天，你突然對我說：「我其實一直認識了另一位女生，我打算與她走一起……」

可以說得這樣直接的嗎？我和你一起，已經這麼多年了！

你說：「我和她已經交往很久，只是我一直忍耐著，不和你說……」

這是坦白嗎？還是你想，狠狠的傷害我？

你說：「我和你一起，已經再沒有任何感覺了，特別是沒有開心的感覺；不如大家就此結束，也是給對方一條生路……」

我真的很難過，我與你一起這麼多年，居然突然，你就認識了另一位女生？

我們是正式在婚姻上註冊及確認的；我也曾深信，我們在彼此心中，也是認定和深愛對方的；你會是我生命中，一起攜手走下去的人……

原來情感，從來是沒有保障的；
以為一生一世的緣分，原來，也只是我一個人的心願罷了！

可是，最初你與我在一起的時候，你不是說，和我一起，很快樂的嗎？

你不是說，彼此相處的感覺很愉快嗎？
原來感情由濃轉淡後，我做甚麼，在你眼中，都是錯的⋯⋯

你覺得與我一起看戲，你不快樂；你說：「你只喜歡選擇你自己愛看的種類⋯⋯」
甚麼時候開始，我所選擇的電影，你都不喜歡了？從前我選擇的戲，你不是說選得很好嗎？
你覺得和我一起不快樂，錯的都是我了！

從前我們一起尋找美食，你總是很開心雀躍；
但今天你說：「我已經不想再和你一起吃飯了！我們吃飯時，大家總是默然無語⋯⋯」
是的，我們都低下頭，去按各自的手機⋯⋯

其實每一次我和你聚餐，我都很希望，能與你好好交談；
但你只是拿著手機，按了又按，從來都沒有理睬我；我惟有，也拿出我的手機來⋯⋯

最後，你卻將責任，都推給我了！

原來感情的關係，在不愛時，任何事，都可以完全逆轉的！
我們中間，究竟發生甚麼事了？

見異思遷，是男生的特性嗎？見一個愛一個，又是男生的喜好嗎？
你究竟，當我是甚麼呢？

我究竟做錯了甚麼？你可以告訴我！

甚麼叫，我已經和你沒有感覺很久了！
我們仍然是如此的一起生活，一起出入，一起作息；
我完全不察覺有甚麼異樣，是你刻意掩飾著很多事嗎？
是你掩飾得太好了嗎？還是我太後知後覺了？

你完全不給我有轉圜的餘地！
你完全不給我有任何改進的機會！
你就要這樣離開我？

是的，男生總是讓人難以捉摸；還有，我的財富，可一點也不少……

在我們離婚以後，你能分到，我們的一半財富；我不甘心！

你是為了金錢而離開我嗎？還是有其他甚麼原因？
如果你不說清楚，我真的會崩潰！

原來一紙婚約，從來不能保證甚麼！
女生是否，也需要簽訂婚前財產協議書？
可惜在香港，這種文件，並沒有法律效力；
是的，簽署這種同意書，已意味著，從一開始，我對自己的婚姻，已投下不信任票……

最初，我真的沒有打算這樣做，但現在，我徹底的後悔了！
婚前協議書，雖然沒有法定效力，但也有一定的約束力吧！

原來男生，還是信不過的！
我不知道你心底裡面，最後的答案究竟是甚麼，
但是此刻，我只感到，你所說的一切，都只是藉口；
你根本就是為了金錢，而離開我！
你根本就是為了分享我們的一半財富，而離開我！

人離開了，我會傷心；但是財富沒有了，我會更難過……

人財兩失，太傷痛了吧！我們聯名的房子，是我出首付的，你說你會負責更多往後的房貸；
但是，現在你只是付兩年，三十萬還不到，完全抵不了我那二百萬首付！

現在我覺得，如果我擁有金錢，只是沒有你，我還沒有那麼傷心；
我寧願擁有金錢，也不想擁有你！因為，你根本不值得我再去留戀！
金錢對我的安全感，比你更大……

女生，還是要做好財務管理……

真的，你實在讓我太失望！我最失望的，就是我曾如此信任你！
我不介意將自己積蓄多年的金錢，作買房的首付；我以為這樣，就會有一個幸福的家！
我只好告訴自己，我現在還有一半財產；我不會，再次受騙的了……

現在，我一星期總有一晚，在中環下班以後，就會慢慢地走到蘭桂坊，好去尋找那些需要我的人，
順道我也散散心；
因為人沒有了，財富也沒有了一半，我不知，要如何再走下去……

有時在晚上，我都是哭著的，因為，我總是想著，為何你要如此的對我，你為何要這樣的殘忍！
有時，我發現，我仍然是想念你！
其實在我心中，從來沒有人，可以替代你……

或者我的眼淚，在那些沉淪的時間，在我常流連蘭桂坊的日子，流得最多；
因為只要一見到，陪了我一整晚的人，不是你，我就會感到，更加的難過……

我似乎在享受著被需要，但其實，我真有享受嗎？
我卻更感到孤寂，更感到難過……

那為甚麼，我還要繼續這樣做？
我只想說，因為我實在很寂寞，我希望能夠得到，沉淪中的快樂；
我希望這種快樂，能夠掩蓋我的難過和空洞感……

或者你不會明白，你也不會知道，我失去你以後，我需要用很長的時間，
用沉溺，用自虐，去麻醉自己；
最終，當我夢醒的時候，我知道，我以為的享受，我以為的短暫快樂，
其實，從來就沒有發生過……

我的好友知道了我的情況；今天星期六，他們在午飯時，陪了我到蘭桂坊午餐；我們四個女生，吃了一個大薄餅、兩份意粉，再加兩份牛扒……

然後，我們到附近的大館逛逛，跟著坐纜車上山頂，走了一圈環山徑；

晚上，我們坐在山頂的草地上，看著天上的星星，也看著香港最著名的夜景……

好友們說：「你不要再如此了，我們都很擔心你……」

「近來你消瘦了很多……」

「有甚麼事，我們可以陪伴你……」

這刻，我突然崩潰地，大哭起來……

自從結婚以後，好友們，我都疏遠了；

結婚以後，從來都是她們先找我，我都沒有找她們；我的眼目，只放在我的丈夫身上……

當我婚姻徹底失敗後，我以為甚麼都沒有，但此刻，她們卻出現；

原來，我還未失去一切……

好友說：「如果你的房子要被他變賣，你先不用擔心，我們可以合租一個地方居住；過一陣子，再作打算吧！」

我望著他們，實在是無言感激……

過了幾星期，我再路經蘭桂坊，我進其中一間常去的酒吧，點了一杯飲品；
一位男士走過來說：「我請你飲一杯，好嗎？」
我笑一笑，沒有再理會他；他也識趣地走開了……

今天我來蘭桂坊，不是再想尋找肉身的陪伴，我真是想來喝一杯飲品，解解悶；
或許我心態上，已經有了一點改變；
我仍然是掛念你，但同時，我也開始，很恨你……

我要重新，清理和收拾自己的回憶；
我要重新，探索自己的情緒和需要；
喝完兩杯後，我回到，與好友合租的地方……

是的，我還是覺得很難過，但我已開始，沒有太多的沉淪；
或許，我要多愛自己，因為，我不想讓我的好友們擔心；
現在，她們是愛我的人……

生命的幸福，不是必然；人生的悲傷，總會發生；
快樂的生命，我相信，要自己努力去追尋……

沒有你，我不會死的；
沒有了很多金錢，我仍然能夠生活！
給我一些傷心的時間，然後，我會努力的，好好活下去……

三月七日　陰

原來，一切都只是一場苦戀；
原來，一切都只是我的一廂情願……

原來，淒然下淚，只是一種幼稚的動作；
眼淚，只是在添加額外的場景；
掛念，從來不會衍生任何真實的回應；
最後只會換來，不要再追問因由的無聲無息……

原來，所有的眷戀，都只是在浮光掠影以後，
在現實生活中，一組組並沒有喘息空間中的落寞……

原來，我與你，只是一場擦身而過的誤會；
你我只是一場，曾經最含蓄卻虛假的美麗……

原來，你從來都沒有愛過我；
原來，最終，你也是會，把我靜靜的忘記……

三月十日　密雲

是嗎？這世上，真的有一生一世的愛情嗎？
愛，真是可以恆久不變的嗎？

人與人之間最大的喜悅，是甚麼呢？
是去愛和被愛嗎？

今天你愛了我，
明天，你又會選擇放棄我……

我在不斷尋找愛的過程中，我能找到自己嗎？

而你，就透過不停地去愛人，和不停的被愛，去尋找快樂嗎？
你真的享受，周旋在不同人的愛中嗎？

你是在享受著心靈上的快樂？
還是你會覺得，財富的快樂，讓你更滿足？

你有想過我的感受嗎？

或許是我太愚蠢了！
在一個不停尋找別人的愛，
不停轉換情人的男生身上，去尋找真愛……

8 ——— 姊弟戀，真的不可以嗎？

遇上你，的確，是我人生中的一份美麗；
在我生命中，這的確，亦是一份莫大的幸福……

我在街角，等了又等；
我好像不知道，自己在等甚麼；
其實，我又怎會不知道呢？我就是在等待著你……

初遇你的日子，我沒有想過，我會是這樣的愛你；
你沒有很特別，只是我公司裡，其中一位並不顯眼的小職員……

是的，你的年紀比我小，人生閱歷也不多；
我從來，沒有想過，會愛上你；以及，會這樣，等待著你……

等著，等著……
我等待很久了！

你可會知道，等著的這一份感覺，在我不斷的迴旋踱步中，
我心裡，只是選擇，讓一份愛你的感覺，仍然停留在我心裡……

當我再走著的時候，我開始累了；其實，我是心累了……

有一天，我會由愛你，變為不愛嗎？

今晚，我在公司遇上一件又大又艱難的事；所有人都走了，惟獨你留了下來；
你留下來幫我影印，你留下來幫我核對資料；
你留下來買飯給我；你留下來，給予我最大的支持與溫暖……

你說：「你一直都很幫助我；在我新入職時，我甚麼都不懂時，惟獨你，教會了我許多的事……」
你又說：「我初來時，公司沒有人與我吃飯，大家都只是默默工作；
惟獨你，每星期都與我午飯一次……」

是的，我見你剛畢業，工作很努力，我很想幫助你；
我見到你因著努力，成為了周邊人的競爭者；
我總想幫助你，給予你一點意見……

作為公司的資深員工，又是管理層，我只是想幫幫你；
我並沒有甚麼特別的企圖，我就只是想助你一把，讓你能夠盡快融入公司……

你沒有很出息的外表，但總愛默默努力地工作；
但你這些條件，在一間銷售公司，你也沒有很多發揮的機會；
我明白你工作上的不如意，也明白你心底裡的寂寞……

你年紀小我很多，我只當你是一位小弟弟；
從來，我都想找一個照顧我的人，我可不想去照顧別人……

今晚，完成了這項艱巨的工作後，我們一起離開公司；
你送我回家後，我自己一個，又再次重新到街上走走；
我很想弄清楚自己的思緒，以及我與你之間的關係……

我一個人走著走著，望著面前的燈影，我好像失去了，眼前的焦點……

在愛與不愛之間，其實，是有一段距離的；
這段距離，雙方，是知道的，是感覺得到的……

我和你，相差的年紀可不少，都有十多年；
同事們都在竊竊私語……

記得有一天，我很不舒服，暈倒在地；你奮不顧身的前來擁抱著我，並陪我入院；
你完全沒有理會旁人的眼光和說話……

我那時候，意識很模糊；但矇矓中，我見到你著急的眼神，也感受到，
你緊緊擁抱著我身體的溫暖力量……

我出院後，每天下班，你都等著我，然後送我回家；

從那時候開始，我知道，我發覺，我不能沒有你……

我相信，你是愛我的；其實你也知道，我是愛你……

感覺，從來是藏不住的；
難道我望著你的眼睛時，你會不知道我對你的愛嗎？
還是，你不敢去知道！

你仍然對我很好；你仍然是對我，比別人好；只是，你一直都沒有向我表白；
你更從來沒有勇氣，牽著我的手一下……

其實是因為，你也有懼怕嗎？還是因為，你有自己的想法？
你有你的原因嗎？你不方便告訴我嗎？

是因為，我們的年紀實在相距太遠？
是因為，我阻礙了你人生的發展？
其實，你是愛我，但又不敢去愛我嗎？

人與人之間，從來就沒有一步到底的愛；
因為往往在交往一段日子以後，彼此就會有上很多的計算……

是的，你考慮你自己的感受和需要，總會多於考慮我的感受吧！
因為，你根本，還沒有很愛我！

在愛戀中，人與人之間的距離，有時，真的很遠……

年齡，其實不是雙方的距離；身分與地位，都不是；
時間，也不是；處於不同的地域，亦不是；
惟有你對我的心，才是最遙遠的距離吧！

今晚，我很坦白，我不想大家再這樣拖拖拉拉下去！
我們這樣子交往，都已經一年多了！
今晚我直接對你說：「我們有機會，一起繼續走下去嗎？」

你沉默著，甚麼都沒有說……

然後，過了五分鐘，你才幽幽的說：「我很愛你，但是……」
你再說：「給我一點時間，好嗎？我會給你未來的幸福，你等我好嗎？
我覺得我們現在，還不適合走在一起；我希望將來，
我的學歷和職位再提升多一點以後，我們才正式走在一起，好嗎？」

你又說：「我不是介意別人的說話，而是我介意自己的不出息；
你知道我不是那些只想倚靠你的人；否則，你也不會喜歡我……」

其實，我們中間的職級和收入，真的相距很多嗎？

其實，你真的是愛我嗎？
其實，你究竟在考量甚麼？為何不可以告訴我呢？
還是，我不能明白，男生自尊心的需要？

其實，你應該不是很愛我！如果你愛我的話，你一定會願意，立即與我走在一起；
其實，你是以為自己在愛我吧！

我還要繼續，去愛一個，不太愛我的人嗎？
我還要繼續，去相信你對我的承諾嗎？
這種愛，會否最後，都只是我自己自討沒趣，自尋煩惱，自找難過？

但是，你知道嗎？如果我不去愛你的話，其實，我也一樣難過；
所以，我選擇尊重你的決定；我選擇等待……

因為愛著了，就是愛著了！
我怎能阻止自己，靜下來的時候，不再想起你呢？
我怎能欺騙自己，已經不再愛你呢？
我怎能在寂靜的晚上，望著窗外低垂的樹影時，不再默默的想起你呢？

其實，在我心中，還是很愛你……

聖經曾這樣記載：在耶穌被賣的那一晚，他的十二門徒，全部都散去了；

耶穌被捉拿後，轉眼望著深愛的門徒彼得；彼得，同樣也凝望著耶穌……

彼得曾許下承諾，無論在任何難關中，他都不會離棄耶穌……

但原來彼得的承諾，轉瞬即逝；
耶穌被捉拿時，深深望著離棄了自己的彼得，有著一份深沉，而說不出的落寞與難過……

其實我覺得，彼得是很愛耶穌的，所以他許下承諾；但是，彼得最後，還是有所驚恐；
最後，他愛惜自己的生命，比愛惜耶穌更多……

有一天，你也會讓我失望嗎？
你立下承諾時，是否都像彼得般真誠？

不知為何，我對你的承諾，不感到很多信心；或許是因為，我實在比你大上很多……

其實，我很明白主耶穌的感受；人說出口的承諾，是多麼容易的一件事；
但要去用心緊守承諾，卻又是多麼的困難……

人可以在很短的時間內，就忘記了自己曾經所說的事；
縱然確實，你真是曾經，深深地愛過了我！
但人的軟弱，從來很容易，就蓋過一切愛的承諾……

今天你對我說：「我想到加拿大發展，我不甘心，只在這裡當一個小小的職員！」

是的，你並沒有邀請我一同前往，你亦不是與我商量；你只是，將決定告訴我罷了！
你說：「你等我，我在那邊安頓工作以後，我會接你過去，我會給你幸福的……」
你離去這兩年，我們的聯絡很少；到最後，我們的通訊，都近乎零了！
我與你，也如此的，彼此走失了……

有時，在生命的頃刻中，根本，就找不到任何承諾的價值……
或者，我知道，人與人之間的關係，總是短暫的；人，總是自利的……
我的年紀，也實在比你大許多；所以你一直，都沒有選擇我，是嗎？
你在愛與不愛我之間，你要我等著你；
其實，你不用負擔任何後果，這讓你，更沒有壓力吧！

是的，人的軟弱，很多時，總會勝過諾言；
現實，有太多的無奈；生活的壓力，來自各方，讓人根本沒有辦法，再去信守甚麼承諾了！
我和你，真的就如此走失了嗎？
當我轉眼，真的連再見你一面的機會，也沒有了？
其實，人世間，有很多的承諾，轉眼間，也是會化作雲煙，一陣子就沒有了！

我知道，你曾經，為我深深計畫的未來，我想，你也有深思過；
不過我相信，你的計畫同樣在轉眼間，就已經在彼此的生命中，消散了……

聖經中也這樣記載：
當主耶穌深深地望著門徒彼得時，彼得想起了曾經對耶穌的承諾；
原來自己，是這麼輕易，就背負了耶穌；
彼得就失聲地，痛哭起來；最後，耶穌對彼得，就是無限的接納……

今天你呢？你在那裡呢？我等待你，很久了。
你知道嗎？我不是神，我可沒有耶穌般的忍耐和完全包容你的心……

如果有一天，你再回來找我，我已經不再愛你的話，請你原諒我！
因為，我曾用了最大的愛心和力量，去愛你……

是的，縱使今天你離開了我，但我知道，我心裡，還是很愛你！
我不知道，這份愛，是出於一份憐愛？
還是這份愛，是出於一份，我心裡的真情？
但無論如何，我的確，愛過了你……

其實，現在讓我最快樂的事，你知道嗎？就是我能夠知道，你還平安……

我知道，最後你都不會選擇我！

我知道，你對我的承諾，已經落空了！

不過，讓我仍然快樂的事，就是你能讓我知道，
直到如今，經歷重重離別以後，你仍然有愛著我……

縱使我們所經歷的許多感覺，到今天，我已不再感到幸福；
但是，我希望，你還是依然會在愛我；正如我心裡，仍有愛著你一樣；
那我，還是感到快樂……

是的，我比你大上很多，我知道，你可以選擇的話，你也不會選擇我……

在你去加拿大前的一晚，我曾對你說：「我們擁抱吧！如果我真的不能再見你；如果往後，我是
不能再擁有你，就讓我們深深的，作最後的一次道別吧！」

你說：「你放心，我很快就會接你過來，
我很快就有一個更高的職位，我很快，就可以給你幸福！」

那天，我們在一間室外的餐廳；在微風中，在現場柔和的音樂聲裡，
我知道，以後，我們是不會再見！

你會有更適合的對象，你會有你適切的幸福！
我明白的，我了解的……

我比你成熟，我會知道，你最終，都不會選擇我……

我知道，你不選擇我，這是屬於你的想法；其實，我還可以，再作甚麼？

我曾經以為，你會是我一生的相依；
我曾經以為，在生命中，我與你是一場最美麗的邂逅；
我曾經以為，你向我許下的承諾，可以勝過一切年齡的界限……

原來，所有的事，所有的情，都要暫停了！
一切一切，都只是我在夢裡，一個人在頌唱著，一首首，自以為讓情感釋放的頌曲罷了！
我心中湧流著的，只是一陣陣，虛無飄渺的自我陶醉感覺而已……

我知道，從來，你都不會屬於我！

我曾經以為，愛，是可以超越年齡；但原來，這只是我一廂情願的想法……

我明白的，當男生有兩個人去選擇，一個年紀相約，一個大十多年；你是不會選擇我的，是嗎？
或是，你在事業與家庭中作選擇，你還這麼年輕，你一定會選擇事業……

暫停了！我們擁抱吧！一切曾經的愛，都將會消散而去！
或許，曾經你對我的愛，都只是一份報恩；你想清楚以後，你還是放手離去了！

是的，讓我們在溫暖和溫潤的道別以後，一切，都不再彌留了！
曾經我對你的愛，的確，是一份從心裡湧出來的愛！
是的，這不只是一份憐愛！
而我眼中輕輕流著的眼淚，也隨風消散掉吧！
或許，你永遠，也不會再見到的了……

愛，是可以超越年齡；
但原來，
這只是我一廂情願的想法……

或許，曾經你對我的愛，
都只是一份報恩；
你想清楚以後，你還是放手離去了！

一月廿七日　冷

沒有一個夢，能夠長做不醒；
沒有一段感情，能夠持續到永遠……

在微風吹拂著的空間中，
我只是有了一場，不息的夢幻而已……

你就是我一場，最美麗的夢！

在我惟心出發的時候，
在我最愛你之時，
也亦是，你從來沒有接納我的時候……

一切，都是如此流離失控，若盈若虛，不能自持……

你知道嗎？
最難過的就是，你從來沒有一聲道別的再見……

其實我與你的距離，究竟有多遠？
你心裡，究竟在想著甚麼？
你的心事，真的不可以告訴我嗎？

人生是否，總有一些，不能被別人知道的生命與價值？
人生是否，總有一些，不能被旁人體會的感情？

這些愛慕，在不斷的埋藏與壓抑中，
在無影無聲無息中，是否最終，會逐漸失去？

其實，很多愛戀，不是被錯過了，
而是你，根本並沒有用心的，去緊緊捉緊吧！

其實是否，我從來都沒有，站在你的位置上，去為你著想？
其實是否，你也有你心裡的難處，我是不能明白？

我一直都沒有設身處地，去了解你心中的想法嗎？
我是否，一直也沒有，顧及你內在的感受？

其實在你心底，你在猶豫著甚麼？
在你心中，又在掩飾著甚麼？
你究竟在愛著誰呢？你還有愛我嗎？

我只想說，在我心中，
我愛的，就只有你……

一月廿九日　冷

你今天過得好嗎？
你現在的日子，是如何呢？
你有沒有一點點的，想起了我？

有一天，你會寫一封信給我嗎？
有一晚，你會再次，想起我嗎？
或是，你有不能選擇的緣由，你也沒有選擇愛的自由？

或者，人與人之間，可以再靠近多一點點嗎？
我能夠，再次聆聽你的呼吸聲嗎？
而我的心跳聲，你又會在某一天，能夠聽到嗎？

進入一個人的心靈，不是一件容易的事；
從來，也不是每一個人，都能感受到，別人的感受……

你曾經說過，你會給我幸福；
你曾經希望，我能等待著你……

一切的情感，都勝不過一份內裡的心影與真正的現實；
一點一滴遺落的，你知道嗎？
從來最後，就只有，我毫不清醒的眼淚……

9 —— 我好像浪費了你許多的日子

你給我太大的壓力了！

你知道嗎？你總對我，有著很多不同的要求……

你說：「我想購買房子，讓我們一起居住；因為長期租金的支出，並不切實際……」

你想大家一起去存首付；但你可知道，我只是剛剛出來社會工作；我可以存的錢，實在不多……

我收入的確有近兩萬元，對現在香港的大學畢業生來說，尚算不錯；

因我修讀商科，在香港，不算很專業；但算是容易找到工作……

但我要清還大學貸款，也要給予家人生活費；還有搬出來和你同住的租金和開支等等；

其實我看似有近兩萬收入，但是最後所餘下的，根本就沒有很多……

我知道，你一直都有埋怨我；你總覺得我不懂儲蓄，沒有很好的理財觀念；

你年紀比我大上十年，你已在社會工作一段日子；

你其實很早，已想買房；但奈何，我一直都未有大學畢業……

只靠你一己之力，在香港買房，的確是很困難；

而這幾年，你也一直在經濟上，支援著我，讓我可以專心學業，不用作太多的兼職……

在大學期間，政府給予我的貸款和資助，我都用來繳交學費；
另外有些貸款，我就給了家人，作他們的生活費；
因為我還有弟妹，仍在求學；父母年紀都大了，我不想他們仍是每天，辛勞地上班……

修讀大學需要四年的日子，不長但也不短；你可是知道的，為何你總要給我添加壓力呢？
你總是說：「我已常常遷就你；我如果不愛你，我不會對你這麼多經濟上的支援；你盡力聽我的話，減少開支；你畢業後，我們就可以盡快組織家庭了……」

我撫心自問，你吩咐我的，我都盡量做了！
我沒有很豪華的花費，也沒有常到外地旅行；我與你認識這麼多年，我都是過著簡樸的生活；
而你在每天，都在加添我很多心理上的壓力；
你常對我有很多埋怨，好像我在這四年的日子中，對你而言，是一份拖累……

你其實當我是甚麼呢？是生意上的夥伴嗎？你常常計畫著，在我畢業兩年後，就要買房；
你說要有這樣的買房安排，要有那樣的財務預算；
大家要減少去旅行，大家要有多點儲蓄；大家要開始準備，組織小家庭……

你說我畢業兩年後，彼此都要付上首付去買房，還要一起平分貸款；
但你知道嗎？畢業後的七年，我都要償還大學這四年來的貸款，每月要還款數千元；
還有我想給家人生活費，每月亦要數千元；另有交稅等開支……

其實我所餘下的，不是你想像的那麼多；我存錢的能力，也不是你期望的那麼高；
如果我一直都未能升上更高職位，我的收入，也將不會太多……

我明白，你已經三十多歲了；你再等下去，實在等不及組織家庭；
但當你選擇我的時候，你不是已經知道，我還未有大學畢業的嗎？

為何你總嫌我年幼，總嫌我幼嫩無知呢？
是的，剛剛畢業出來，就要不斷存錢，我的感覺，是有點難受……

的確，你是有遠見，你是有計畫；我真是，很尊重和佩服；
你對我們未來的安排，其實，是有智慧的；
如果今天我已三十多歲，相信，我一定會跟著你的計畫走；
但我完成四年大學，能夠有機會，自己賺到一點點的金錢，我也想好好釋放和獎勵一下自己……

我想多一點去旅行，多去感受一下這個世界；
我二十多年的人生裡，家中沒有太多金錢；我外出旅行的次數，都不夠五次；生活上，我想有多一點的消費；
我不是想浪費金錢，我只是想，有多一點屬於自己的生活品味和享受……

這麼多年來，家人養活我，我並不想使用他們辛苦賺來的金錢；
學業的壓力，也一直，讓我透不過氣；生活，我從來都不曾感到放鬆……

我一直都被困在這小小的香港裡；
可否，讓我畢業後，有點機會到外地，好好遊逛和見識一下？

或者，我和你的理財觀念，著實大有分別！
現實生活，就是如此，總讓我們彼此，越走越遠；
然後，生活中的不協調，總讓大家都覺得，很難繼續一起走下去……

你常常說：「你總沒有人生計畫！」
你常常說：「你在浪費我人生的時間！」
你常常說：「你的收入已經不錯，要好好珍惜，不應再浪費金錢……」

其實人生，我已經很努力了！我努力考上大學，我努力讀書；
我還做著不少兼職賺錢，希望減輕父母的負擔；
我覺得我的人生，從來都未有好好享受過一陣子……

和你一起，我真的覺得很辛苦！
或者，大家是時候，有一個歇息吧！

或許我們的年紀，實在相差太遠；你太成熟了，你就當我太幼稚吧！

你問我，我還愛你嗎？
我心中對你，的確是敬佩的，是很尊重的，更是感恩的；
但是，好像，已經不再是一份愛情……

我敬愛你，我當你是我的大哥哥般；你一直引導我，走往正確的人生道路；
在我讀大學時，在我還未有獨立的經濟能力時，你就常常在金錢或其他方面，支援著我……

你讓我的生命，在艱辛的歲月中，不再一樣；你更讓我，嚐到許多人生的甜；
在你身上，我學習了踏實；我真的很感謝你，與我人生這段日子的同行；
你教導了我，邁向成熟……

我常常覺得，如果沒有你，就沒有今天長進的我；
但我在二十多歲這年紀，在人生算是燦爛之際，對不起，我的心，開始有所改變……

我從前喜歡生活安穩和成熟，現在這些，卻變成了我生命的壓力；
我昨天和今天所需要的，或許已經，不再相同……

從前，我欣賞你的穩重與內涵；今天，你這些特點，卻常常令我有所恐懼；
從前，我欣賞你對我的溫柔；但今日你的溫柔，卻成了我生活中很多的關卡；
你總要我，在你柔聲的指導下，服從你的一切指令……

或者，你作為我的哥哥，更適合於，當我的戀人；
對不起，我仍然是愛你的；
可是，這份愛，現在，似乎是一份親情式的愛，多於一份男女之愛……

在你身上，我好像，再找不到一份愛戀的感動與感覺了！

對不起！我好像浪費了你許多的日子！我好像太對不起你！
但如果我們繼續這樣走下去，最後，我只會對不起自己，更加對不起你……
你知道嗎？有時候，我想著，我有幾多時間，是在為你的快樂而生活？
我又有幾多時間，是為著自己的快樂而謀生？

盡力去愛你，我從來不希望，一定會得到甚麼回報；
反而，我感到，我總被一次又一次的誤解……

你說：「你真的想清楚嗎？我們一起這麼久，我這麼照顧你，我真的不再適合你嗎？」

其實，你明白嗎？我可是很認真和努力的去愛你，我以為，我所做的一切，都可以令你滿意；
但原來，你對我的所作，根本就不屑一顧……

我說：「我們去酒店 staycation 兩晚好嗎？我很想與你，吃一個豐富和浪漫的晚餐。」
但你說：「我們在努力存錢階段，沒需要，亦不要隨便消費金錢！兩晚酒店 staycation，要用上數千元。我們到尖沙咀海旁走走，在麥當勞吃杯冰淇淋，不也是很好嗎？」

或許，你是對的；但你對我來說，似乎並不是對的人！
我只是希望，偶爾花錢在與你的浪漫上；
我自己寧願不買高價衣服，但我想與你，譜有共同美好的回憶……

或許，在愛情路上，我的確累了；

有時候，愛情路上的經歷，讓我感到有點害怕；
我感到，我在你面前，做甚麼，都好像是錯……

我會以為，可以與你擁有一段長久、親密以及互相懂得的關係；
但原來，這只是我自己的喃喃自語，也只是我一個人的自以為是；
原來一切，在我的一廂情願下，結局，都只是一份無奈的徒然……

我沒有嘗試，去怨恨甚麼；我也不想，去責怪誰……

或者當我轉身，在靜靜抹著自己滴滴的眼淚時，
我還是希望，你能夠，仍有多一點點明白我……

其實，愛，真是一件很艱難的事嗎？或許有時，的確是很艱難的吧！
因為，每人對愛的期望和渴求，對生活的期望和願景，都有所不同；
每人對愛的希冀和選取，也有不同的期盼……

然後，在彼此的期望不能達到預期時，磨擦，就不停的產生了！

當我們大家坐下來解決困難時，總是你說你的，我說我的；
最後，大家是表達了感受，但其實，一點共識都沒有；
因為，人總是自私的，人總會關顧自己的感受和需要更多；
每當我有期望，我亦再次會有失望；我知道，其實你也是……

或許，我對你的失望，都只因為，我實在，太愛你了！
我很希望，你能夠明白我，以至，讓我可以繼續，愛你下去……

曾經，你對我的付出和包容，我是記得的，我又怎會忘掉？
我們走在一起的日子，都這麼多年了……

但你也不要以為，我內心小小的疼痛，已經沒有；
你只是，見不到罷了！

我總感到，在你面前，我總在做錯甚麼；
我總感到，在你面前，我好像沒有了自己……

在沒有光，在沒有聲的晚上，我只好將這小小疼痛的傷口，靜靜的包裹好；
然後，我再好好隱藏著我的不安，不太讓你知道；
我知道，我怎樣說，你都不會明白……

但我知道，我將這小小的傷口隱藏著，並不代表，我內心，就沒有寂寞與難過；
更不代表，我內心，就沒有傷痕……

有一天，當有些事情發生了，有些事再次觸碰這小小的傷口時，我的痛楚，又會再次增加；
我的眼淚，又還會再次流下來……

今天你說：「為何你畢業兩年，只存得十萬元？我們這樣，很難買房的！你會不會減少，給家人的金錢……」

我一聽這一句話，反應就很大！
家人自小養育我，照顧我；在二十多年後，我回饋他們少許金錢，有甚麼問題嗎？加上金錢，是我自己賺回來的，幾時輪到你說話呢！

我向你大叫道：「我的私事，我要照顧家人，也要你管嗎？」

我想著，我們還沒有結婚，你已經這樣對我；
往後，我在你面前，應該再沒有任何自由的了！

我說：「我們分手吧！」然後，我就放聲大哭起來……

或者我內心的疼痛和傷痕，你也是意想不到的吧！
因為，你從來都不知道，你認為對我的好，卻成了我的難處；
其實，我想問：「我的痛楚和不快，你真的見不到？還是，你選擇不去見到？」

難道你真的不知道，我對你默默的愛和忍耐嗎？
難道你看不見，我已甚麼都聽你的嗎？
但你總要如此，一次又一次的，不顧及我的感受；
我每每和你傾談，你總是無視我的感覺；
我每一次的退讓，你又總是視而不見……

我只希望，我心裡的傷口，會有痊癒的一天；
我只希望，你能對我，會有多一點的愛護和尊重；
我只希望，我能擁有一份，被愛和被了解的感覺！

幾天後，你買了一張套票，是一間五星級酒店的 staycation 套票。
你說：「我們一起都五年了，我們從來，都沒有一次真正的旅行；下星期是你的生日，我們一同慶祝相識五周年，以及你的生日，好嗎？」

我見到這張套票，不期然地流下了眼淚；
讓我感動的，不是那一個名貴的酒店套餐，而是你終於能夠，明白我……
我慢慢抹掉眼淚，我希望，我們不只慶祝相識五年，還能慶祝相識十五年，二十五年，可以嗎？

我知道，跟著的日子，我會盡力上班帶飯；
但你知道嗎？我在公司吃著便當時，我心裡，是感到無比的快樂……

互相遷就，從來是一件很艱難的藝術；互相懂得，更不是一件容易的事；
因為我愛你，我才會感到，一份不能被明白的痛！
很感恩！讓我最終，並沒有失去你……

因為我愛你，
我才會感到，一份不能被明白的痛！

我只希望，你能對我，
有多一點的愛護和尊重；
我只希望，我能擁有，
一份被了解的感覺……

二月廿八日　晴

有些人特別喜歡浪漫，特別喜歡自賞，總想找著一位，浪漫而惜愛的人；
因為在他心底中，愛，才是最重要的日常……

又或是，理性常常告訴我，我還需要生活；
我要多一點點的金錢與麵包……

浪漫與金錢，從來都是相違背的嗎？
兩者，真的不可以結合的嗎？

如果這麼容易，又有愛情，又有麵包，
這世界，就不會有這麼多，感傷的愛情故事了！

從來，戀愛都不是一門容易的課題；
愛情與麵包，從來在選擇與協調中，
都是一門極艱難的功課……

你問我：「你會選擇愛情，還是麵包呢？」
或者，隨著年齡的增長，以及經歷的不同，
人，往往在選擇上，都會有所改變……

但是，我愛的，還是這一個你，
這個，總沒有改變……

我是一個愚昧人嗎？
其實，我還是相信和渴望愛情，多於麵包的……

10 —— 愛一個人有多深，恨意又有多深

愛我的人，我要更多的愛他；陷害我的人，我要更多的恨他；
應該是這樣嗎？

人生走過許多的日子，能夠留下記憶的人，其實不多；
能夠讓我真心繼續愛著的人，更不會有幾個；
為何我不讓自己，好好抓緊生命中，讓我有感動的人呢？

有些人，在我心中，曾留下遺憾與傷痕；
有的人，更讓我傷痛很久……

在傷痛過後，為何，我還要原諒他們呢？

原諒一個人，真的就是放過自己嗎？
原諒他，其實是否代表，讓他更漠視自己的錯誤？

或者我會選擇，繼續在心裡，恨著他；
我不需向任何人交代，我會繼續選擇，不對他作出原諒；
因為我要告訴他，他所做的，就是錯！錯誤，從來就不值得被原諒！

生命在不知年與日的流逝中，我只選擇做自己喜歡的事，舒心快意；
這又關其他人甚麼事呢？
我就是不會原諒你！

那年春天，你在我的工作考績上，大大的寫上一個F字；是的，是不合格！
這考績，給我帶來莫大的震驚！我完全不明所以……

你是我的上司，我們一直交往了好一段日子；大家相敬如賓，亦安好無事；
後來，我們從淡淡的親近，再到濃濃的愛；
再到準備，要成為對方生命中，永遠的伴侶……

但那一年的春天，我想不到，你會突然如此對待我……

我完全不明白！
我以為你刻意這樣做，是希望我能離開工作崗位，不再與你同一公司，免得彼此尷尬；
亦免得，我們成為其他同事非議的對象……

但原來，我最後發現，你這樣做，是因為你看上公司裡，另一位高層女生……
原來，你瞞著我，靜靜的和她，交往了好一段日子；然後在適當時機，你就想趕走我！
你用盡各種最快捷的方法，想我離開！

你在我的考績上，畫上最差的記號！這樣，我就可以被公司開除了！
然後，你就可以與你心儀的對象，走在一起了！

其實，如果你是不愛我的話，你真的需要，用上這些殘忍的方法，讓我們分開嗎？
你一定要我離開公司的嗎？

我失去你，我已經夠傷心了！你還要我同時丟失工作嗎？
或者我知道，這是最快捷的途徑，你可以弄走我，那你就可以，盡情和她走在一起了！
你要徹底的驅逐我，讓我離開公司，令我離開你們的視線？

我拿著這份行業中最差劣的考績，到其他同類公司求職，原來是如此的困難重重！
你就是想，我有這個境地！你連我在其他同類公司工作，也不想見到！
這樣，就更不會影響你和她的交往了？

你為了移情別戀，你為了新戀情的穩定，你就刻意摧毀我的前途和事業了！

你其實，有愛過我嗎？
你為何可以，對我如此的狠心？
為何你變臉，可以這麼的快？

我想對你說：「我這一生，也不會原諒你！」因為你做得實在太過分，太絕情了！
你騙取了我對你的愛和信任，你卻狠狠地用你的權力，擊殺了我的事業！

我已經變得，一無所有……

在愛中，我已經輸了；你居然還要毀掉我的事業？

你知不知道，那天晚上，我哭著離開公司；沒有人幫助我，更沒有人安慰我；
我一個人走著走著……

一下汽車的鳴笛聲，驚醒了我！
原來我差一點，就衝了紅燈；原來我差一點，就被汽車撞倒了……

是的，最後，工作，我是丟了；你，也沒有了……

我失落了半年多，才能鼓起勇氣，再去尋找新工作；
因我拿著一封實在太差劣的離職信，我已經再找不到，相近的工作了！
我惟有，轉換另一行業；我重新進修，我重新出發，以至，我能再抬起頭來，重新做人……

是的，我需要重生！人生還很長，我需要為我的生活，更作努力！

那天，其實你真的需要，這樣狠狠地踐踏我嗎？
我這幾年來的難過，全都因為你！

我是不會原諒你的！

原諒一個人，或許可以放過自己的情緒；
原諒一個人，或許可以讓自己心裡的悲傷，再沒那麼大；
原諒一個人，或許可以讓自己的心境，平靜一些……

可是，我是不會原諒你的！
每當我記起，你曾經對我所做的一切，我就告訴自己，我要努力！我要更努力生存！
我要有一天，告訴你，還是有人會愛我的；而我，也會再次擁有自己的事業和幸福！
我也會再次擁有新工作，並一定會再創高峰！

我對你的不原諒，就是要提醒自己，我要活得更堅強！
有一天，你會發現，你所放棄的我，竟然沒有絲毫缺損，還好好的生活著……

是的，你曾經對我的所作所為，傷口到今天，仍然存在；我就是不能放過你！
是的，其實我一直，也沒有放過我自己；或許因為，曾經，我愛過了你……

原來，愛一個人有多深；最後，恨一個人，又會有多深……

其實，你真的有愛過我嗎？你真的有在乎過我的感受嗎？

其實，我一直在想，在你每一次夢幻式的笑容背後，你究竟在想著甚麼？
在你深情的眼神背後，其實，你又在思考和收藏著甚麼？

你的思維，總是貫穿著你自己的所需和所要吧！

你看重的，只是你自己的感受和利益，多於我吧！

其實，你真的有愛過我嗎？
如果有的話，你又怎會捨得，把我如此的撇下不顧？
你又怎麼會捨得，令我這樣地徬徨無助？

我不停地流著淚，在心中說著：「我恨你！」
眼淚，好像又無法止息般，流了下來……

記得在〈路加福音〉中，記載了這樣的一個故事：
主耶穌見到一位寡婦痛哭，因為她的兒子剛離世；耶穌就憐憫她，並對女子說：「不要哭！」
然後，祂就施行神蹟，恢復那男孩的生命；並將男孩，交給他母親……

我想著，對人說「不要哭」這三個字時，一點也不可隨便；
因為當人有著傷感情緒的時候，流淚，實在有著一種最大的自癒作用……

主耶穌叫婦人不要哭後，是因為祂接著，願意施行神蹟，讓那婦人，真的不再哭了……

很多時候，我想，我不再流淚，我不再難過，是需要一點時間去被療癒；
不用再叫我不要再哭，不要再悲傷了！因為我的悲傷，實在沒有辦法停止……

我知道，惟有淚水，才能沖洗我內心的難過和恨意；
惟有好一陣子的悲傷，我才可以更多釋放自己的情緒……

要去記著你的惡，不去原諒你，真是我的錯嗎？
這樣，是否會讓我自己，落入更大的悲傷？

其實，我從來沒有打算一直恨著你，我相信，有一天，我的恨，會停止；
我的悲傷，也會停止……

哭，從來只是表徵；內裡的傷口，才最真實；
但我相信，生命中的笑，會有一天再重臨……

今天，我沒有再做從前的工作了；求職太多，但都沒有結果，讓我心灰了……

在我最難過的日子，我去了學習美容；
我想將自己，從哭哭啼啼，變得精神一點，變得漂亮一點……

想不到，我學習美容後，我愛上了美容工作；我用上積蓄，開了一間小小的美容店……

原來，在悲傷過後的女生，是很有力量的；我修讀了很多美容證書，我小小的美容店，也越做越好；現在，我擁有三間分店了……

我還有恨你嗎？
如果不是你陷害我，我也不會轉職，我也不會成為今天的小店主……

我對你的恨，其實還是有的；因為，我還是忘不了，那天曾經的艱難；
我還是忘不了，那天曾經的傷痛與眼淚；
只是恨，減少了；淚，也流得少了……

今天，我坐在我其中一間美容店裡，我知道，生命的經歷，從來無人知曉；
在得與失之間，我會繼續努力；
我不會讓仇恨與眼淚打敗我，我要活得比你好！

五月十日　陰

我在悲傷中，的確可以找到快樂……

是真的，或許你不會明白，但是你知道嗎？
在悲傷中，我更能認識自己；
在悲傷中，我更能認識自己的軟弱……

透過流淚，我更能明白自己，最愛是誰；
在流淚中，我也明白自己，最恨是誰……

在悲傷中，我更知道，我內心為何憂愁；
在悲傷中，我更知道，自己面對的張力何在……

對我來說，悲傷，是難得認識自己的機會……

在悲傷中，讓我弄清，誰是我的想念；
我亦知道，誰曾是我的最愛；
我亦知道，誰是我現在的所恨；
從而，在悲傷中，我會感到平衡與快樂……

不要去問，為甚麼我要常常悲傷；
有些性格的人，特別容易流淚，

因為心中的情感，實在太豐富了！

在悲傷中，你能夠明白我嗎？
我真的找到了一點快樂，
因為，我能更多的，明白我自己……

主耶穌說：「你們要常常喜樂！」
但請你先容許我去悲傷，因為你不是我；
我可是要在悲傷中，明白愛恨，找到快樂……

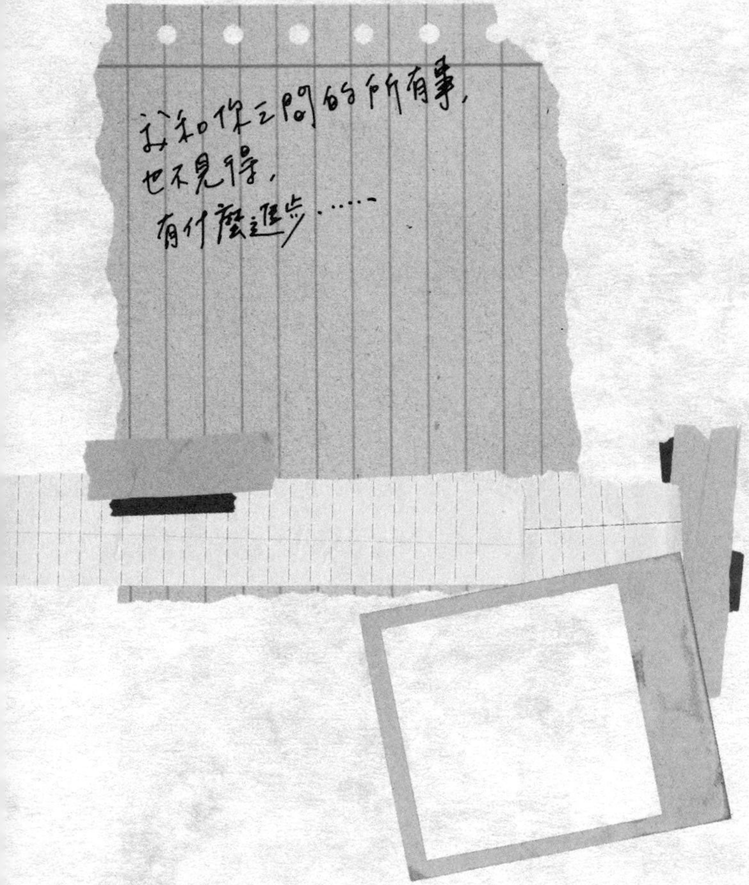
我和你之間的所有事，
也不見得，
有什麼進步……

11 —— 你只想一個人生活嗎？

人與人之間，最重要的是雙贏；關係，才可以長久發展……

你有體恤我的軟弱嗎？
你有願意為我，付上多一點點的努力嗎？
還是，你只是在等待著，我的回應和努力？

你從來，都只是單方面的要求我！
你只是單方面的，等待我去付出；而你，卻甚麼行動都沒有……

最終，彼此的關係，都只會是斷裂的吧！大家，都只會是輸家了……

我願意為你不斷的付出，是不想讓大家，最後都輸掉對方；
但若只是我一個人，長期的付出，而你卻總是無動於衷；
大家長期沒有互動，彼此的關係，都不可能持久地維持下去……

今晚，你又在客廳看電視；今晚，你更打算通宵看足球比賽……

我從來都不喜看足球；但今晚，我陪著你，看了兩小時多；
但是，我真的很累了……

在看足球的過程中，我們並沒有任何交流；你的嘴巴，只是在吃著零食和喝著啤酒；
我就一直，在旁邊等待著你……

今天，其實我的心情很低落；我很想和你，好好談一會……

我等待了兩小時，但好像，也等不到任何空間與機會，和你談一談……

你喜歡的事，我從來都是尊重的；
但是，我需要你的時候，你似乎，只有你的身軀，在陪伴著我……

我累了，我睡了；明天再找機會，和你說說吧！
今晚，我不妨礙你看足球了……

你常常說：「我的工作已經很繁忙，回家，我需要放鬆心情；
看足球，是我最大的娛樂和放鬆……」

每天晚上，你匆匆吃過晚飯後，我就做著家務，你就在看足球比賽……

今晚，其實在晚飯的時候，我已經告訴你，我最近失落的心情；
然而，你並沒有甚麼回應；飯後，你逕自，又去看電視了……

我默默地收拾餐具，默默地洗著碗盤；
我見到流動著的水，我的眼淚，也慢慢地流下來了⋯⋯

原來，要去訴說一些心裡的話，在同一屋簷下，都是如此的艱難！
原來，要分享彼此的感受，住在同一屋簷下，也不是一件，很容易的事⋯⋯
或者從前，有一丁點小事，就已經很在乎我的人；今天，到了那裡去？

時間一直地流過，我的生命，也在燃燒著⋯⋯

我不夠膽說，我的生命，是為你而忙，是為你而活；
但的確，我為我們兩個人的生活，付出的努力，也實在不少⋯⋯

白天，我需要工作；回家後，我趕忙煮飯；然後，做著大大小小的家務；
買菜錢，通常，也還是我去付出的；
而你就一直，安舒地在看足球比賽和放鬆⋯⋯

是的，從前我們未有正式住在一起的時候，你到我家，總愛幫忙做家事；
我買菜後，你就幫忙煮；飯後，你又會幫忙收拾餐具⋯⋯

但是，當我們一同生活後，現在所有家務，都是我負責了！

你常常說：「我覺得很疲累⋯⋯」你又說：「不如買外賣吧！」

你說：「不如我們兩個人都休息一下吧！」

你開始不再願意，幫忙家中大小的事務；你開始晚飯後，動也不動；
你只讓我一個人，擔當著所有的家事……

難道我們真的，可以天天吃外賣嗎？
難道每天的衣服，又不用去晾洗嗎？

或者，我知道，你一向的性格，都是愛待在家裡；
但我和你一起生活以後，我更發現，你根本是一個懶惰的宅男；
只是從前，你為著追求我，為著與我一起，你收藏著自己一貫的表現……

現在一切歸於平淡和安穩以後，你的真面目，便顯露出來了！

其實，我只是希望，你能分擔多一點的家務；
難道，這真是一件很困難的事嗎？

今晚，我開著電腦，我寫了一封信給你，講述了我的感受……

很可笑嗎？我們生活在同一空間下，但原來，溝通的方式，是需要靠著電腦，去作傳遞……

我按了傳送鍵以後，期待第二天，在你不太忙的時候，你會讀到我的感受……

傍晚，我見到你已讀不回；你回來吃飯的時候，你默不作聲；然後大家，好像一起在等待著，誰人開口說話一般……

其實，我是做錯了甚麼嗎？我侵害了你的私人生活？我帶給你太大的壓力了？還是，你真的不懂，去表達你心裡的感受？

晚飯後，你繼續去看你的足球比賽……

過了兩天，你用電子郵件，回覆了我……

你說：「我覺得很累了！不如大家，都先冷靜一下吧！」
你說：「我是一個很簡單的人，我覺得家裡的大小維修，搬運大型物件等，我都有做……」
你又說：「平常工作，我真的累透了！回家後，我真的不想再有很多說話……」
你再寫著：「我不是沒有聽你的說話和分享，但不知為何，我已不想再有甚麼回應；或許，我在工作以後，我真的感到很累了！」
你又寫著：「我覺得自己，連和你說話的氣力和精神都沒有……」

最後你說：「我不是不愛你，而是我覺得自己，其實更適合，一個人的生活……」

是嗎？你現在才發現嗎？你現在才覺得，自己適合一個人的生活？
是否，大家真的不可以協調一下？你對我，已經再沒有愛意了？

你所說的一切，都只是藉口吧！
還是，你真的厭惡了，我們現在兩個人，一起生活的日子？

我看了你這電郵後，眼淚，一直不斷地往下流……

原來，你只想一個人生活！那你，究竟有愛過我嗎？
今天，我可以何去何從呢？
其實，和你一起生活，我覺得自己像一個工人，多於像你的情人……

其實我也覺得，很累了……

我的難過，其實，是在感傷自己，曾經疲累痛苦的過日子；
同時也在感傷著，愛，原來是可以，如此輕易的流逝掉……

其實，我還是愛你的；我們彼此一起協調，一起找些共識，可以嗎？

你知道嗎？根據一項研究，世上有七成男性，在結婚以後，對自己伴侶，是感到滿意的；
這七成男性更表示，下一生，還是願意繼續選擇，與今生的伴侶，再走在一起……

至於女性呢？根據統計，全球有八成女性，如果有來生的話，都不希望尋回現在的伴侶……
數字很可怕嗎？是的，很可怕！

為何男女，會有這麼大的分別？

原來男性在婚後，大都更長壽，並擁有更快樂的生活；
因為男性，會被女性照顧；他們能夠擁有家庭的幸福，還有生理方面的滿足……

但是女性，卻需要付出許多的努力；
現代女性，需要在工作、家庭，以及姻親方面，都付上巨大的努力；才可以維持一種，內在和外在，都有水準的生活；
當中女生的艱難，其實不足為外人道……

或者男性在生命中，沒有很多的朋友；
如果妻子能夠滿足他在家庭及生理上的需要，他就已經很滿足了……

可是女性卻不一樣；女生比較敏感，情感比較細膩；
女生在情感上，需要被更多的滿足……

但很多時，男生總不能滿足她們這些願望；
許多男生，在得著穩固的關係後，根本不會懂得，或不再想，安排任何浪漫的活動，亦不懂得偶爾買點小禮物，送給對方；
許多男生下班回家後，只懂休息，不懂幫忙做家務……

是的，自從我們一起居住以後，你就再沒有送上花束給我；
你亦不願意，為我寫上一封濃濃的情書；你更開始不懂，用溫柔的語氣和我說話……

你不單不幫忙做家務，你更不會，給我溫柔及暖暖的擁抱……

我明白，你是講求實際的，這是我們中間，最大的分歧吧！

有時我看了這些統計數字，都覺得很可悲，這真是我目前的光景；
我，總是每天忙忙碌碌的生活，不停地尋求你的幫忙；
真的，讓我再選擇，可能我也不想選擇，與你生活在一起；
我似乎，越來越不被你去了解，亦不被你去細心地關懷！

根據統計，男性對婚姻的滿意度，是較大的；你今天，真的渴望，一個人去生活嗎？
其實，你是覺得我們現在的生活，真的讓你感到很累嗎？
你真的覺得我們生活在一起，你感受不到快樂嗎？

是否，我給你很大的壓力了？
是否，我總想在家煮飯，我總想你幫忙洗碗，讓你感到，很辛苦嗎？

又或是，你是有愛我的！只是，你總不知道，如何去適切表達你的感受，以及你對我的愛意？

或是你在外面，認識其他人了？以至，你想用一個人生活作為藉口，離開我？

或者在這世代，男生慣常會在肉身上出軌；但是在心思意念上，還是會想著回家的……
而女生，其實只會在在心靈上出軌；
因為在情感上的出軌，已經可以滿足，她們感受被愛的心靈；

當女生一直希望被愛，但又沒有辦法被滿足時，心靈出軌，其實只是一個卑微的行動吧！

我很希望，在我與你相處的日常中，我們彼此能有更多的溝通，
我們大家，能有更多的互相體諒；
我希望，你對我，能有更多的關心，和真正的陪伴；
我們彼此，能有更多有質素的深談；
你也可以，多為我分擔一點家務……

今晚，我再和你詳談；你聽了我的陳述，你仍然是說：「我想一個人居住……」

很冰冷的回應！很傷我心的說話！

你說：「我們分開一陣子好嗎？我真的想一個人居住；
我希望重拾，從前一個人生活時的自由和快樂……」

我說：「不如我們給大家三個月時間，重新協調彼此的期望，
你再考慮一個人的生活，好嗎？」

你見到我眼中的淚水，你點點頭，說：「好吧！」

是的，我不知道你心裡在想著甚麼，但我希望，
能夠利用這三個月的時間，去改善我們彼此的相處；

我相信，你還是愛我的……

其實，你會明白，甚麼是感情帳戶呢？
就是在我們專屬的感情帳戶上，我們有付出愛，也有給對方傷害的時候；
最近，你在我們專屬的感情帳戶上，是多了提款；
或許，我也是；我們彼此，都在做著傷害對方的事；
以至，我們現在的感情帳戶，已沒有甚麼餘款了；
簡單來說，我們曾有的情感，都已所餘無幾了！

是的，你總看不到我眼中的落寞，你總看不到我臉上的愁容；
或許，我也看不到你的疲累，我也看不到你心底的恐懼與傷悲……

情感帳戶的存款，就是彼此都願意為對方加添，愛意與動力；
我很希望，你能夠稱讚我，你能夠幫忙我做家務；
我很希望，你能夠送我一份獨特的禮物，讓我知道，你有記掛著我；
我很希望，你能夠親吻我，你能好好地，聆聽我心底裡的故事……

我相信，你是希望有自由的；你也是希望被我稱讚的；
你渴想在家的平靜，你渴想躺在家中，總有人能溫柔地對待你……

是的，我相信，只要我們的情感帳戶夠強大，我們一起互相存款，
你我，是不會再想一個人生活的了……

我知道，在我們情感帳戶透支以前，我們一定要好好相處；
你可以認真地，為我煮一頓晚餐嗎？
我們彼此都能認真地，好好談話，說出大家的需要嗎？
你能稱讚我一番，我也能表達我對你的欣賞嗎？
我相信，在我們彼此深度的交流下，我們情感帳戶的存款，就會再次提升了⋯⋯

今晚，我買了你最愛吃的三文魚炒飯，一盒刺身，和一杯你最愛的青檸蘇打；
今晚，我們就吃外賣，我就陪你看足球；同時，希望你也願意，聆聽我的說話⋯⋯
從來情感帳戶的提款，就是你責備了我，你無視我的感受，你總讓我感到難過；
或許有時，我對你亦是如此苛責，只是我自己，並不察覺，並不知道⋯⋯

我回想著，自我們一起居住以後，大家總有很多不快，大家總有很多爭執；
你只懂說：「我很忙碌，我沒有很多時間聽你細說⋯⋯」
真的，原本我們擁有的愛意和感情存款，都在不知不覺間，被耗盡了！
或許我也只懂對你說：「可否不要常常坐著，要幫忙做家務！」

是的，當愛的存款用盡以後，我們的情感關係，就像似有還無了！

是的，我們都努力去補救，好嗎？我相信，我們的情感帳戶，最終是不會透支的；
你也不會選擇，一個人生活⋯⋯

今晚，我和你說：「我們多吃外賣，讓彼此工作回家以後，都能多點休息，好嗎？」
我又說：「我們每天要洗的衣服，可拿到外面洗衣店，免得每天，我們都要辛苦曬晾，好嗎？」
我又說：「我會更多靜靜的，陪伴著你看電視……」

你望著我，感激地笑了一笑，點一點頭，然後牽著我的手說：「好！好！很好……」
你說，「有時，我都想吃你煮的飯菜，我會幫忙洗碗的……」

是的，當你讓我感受到被愛，被尊重；我也會同樣，尊敬著你；
我相信大家不斷存款，我們彼此間的愛，還是可以拯救的……

你可知道，曾經你給我的愛，我都無法忘記；
不過，人與人之間的情感帳戶，無論曾經有多深，但都需要，適時去存款；
否則情感被透支後，彼此的帳戶，就再沒有了……

我是愛你的，在生活上，其實我也感到很累；
但我想著，只要能和你走在一起，好好地過日子，我還是會感到滿足和快樂！

請不要讓生活的累，掩蓋了我們的溝通，掩蓋了我們情感的幸福！
更不要讓這些溝通障礙，阻撓了我們之間的愛，好嗎？

我們都一起努力，好嗎？

今晚你對我說：「其實，兩個人一起生活，都是幸福的……」

我笑一笑，想著，那個對婚姻滿意度的調查，都很準確呢！

男生，的確是較喜歡婚姻生活，較滿意自己的伴侶……

最幸福的，

就是我與你的愛情，一直沒變；

在每天平凡的日子中，

我們能夠永遠互相遷就，互相關愛……

四月六日　多雲

是的，我們之間，沒有很多磨擦，
是因為我們彼此，還未真正的去靠近和相處；
我們根本不用，真實的去面對，
生活中各種大大小小的瑣事與細節……

大家不需互相忍讓，只需見面時，互相以禮相待就可；
這種簡單的相處，自然讓人感覺愉快……

在這場景中，大家相愛的感覺，的確可以持續；
但在一起生活以後，在現實苛刻的世界中，
愛的關係，真的可以長久嗎？
我們現在，都只是活在彼此的夢中世界罷了！

在非現實的情愛中，所說的情話，所寫的情書，
從來都是最美麗的吧！
但當面對一切生活上的艱難，
一切彼此的忍耐，就會消失得無影無踪了……

衡量愛的價值和深度，
在此刻，在我們一起生活後，在現實生活中，才剛剛開始吧！

四月八日　晴

過去了，就讓它過去吧！
每早晨，都是新的！

或者，你給我的難過，都讓它過去吧！
我只希望我與你，留下來的一切，都是最美好的回憶……
一切，我都不想再和你計較了！
你還需要，一直逃避我嗎？

有一種愛，叫作關愛；
與愛情，總有點不同……

關愛是，我總關心著你的需要；
愛情是，我不只關心著你的需要，更會掛念著你……

關愛是，我留意著你的生活和健康；
愛情是，我除了留意著你的生活和健康，
我更著緊你，多於著緊我自己……

關愛是，我總計畫著我們的生活與未來；
愛情是，我不僅計畫著我們的生活與未來，

我的生活與未來，總有著你！你，就是我生命裡的惟一！

關愛會蛻變為愛情嗎？可以的。

愛情有時，又會只餘下關愛嗎？亦可以。

最幸福的，就是我與你的愛情，一直沒變；

在每天平凡的日子中，我們能夠永遠互相遷就，互相關愛……

愛情是難以維持的嗎？其實，是難的。

維繫愛情，真是一生，需要努力學習的功課……

12 —— 我們的小小咖啡店

我是拜金的嗎？
你說我是拜金的，也可以……

我的確揀選了他，因為他實在，比你更有條件，提供給我更好的生活；
他比你更有學識，在社會上，亦更有地位……

是的，我知道你一直都很努力，去發展自己的事業；
你從甚麼都沒有，到今天努力去創業……

我們也捱過一些日子；
五年了，我陪你一起創業……

每天，我們都只是吃著一個小小的便當，然後，就埋頭在小店裡努力；
我們想著，如何推廣，如何尋找客源，如何增加收益……

是的，我和你享受過一段甜蜜的日子；
但是當我遇上了他，我發覺，我對過去的辛勞，開始有點厭倦了……

五年光景中，在一間咖啡店裡，洗洗煮煮，招呼客人；

我開始感到很疲累了……

在一間咖啡室裡喝咖啡，吃蛋糕，閱讀和拍照；與自己經營一間咖啡店，是完全不同的感受……

自己開咖啡店，要招呼客人，要在廚房裡忙著，更要擔心著營業額和收支平衡……

或者五年的光景，我們曾經有過快樂滿足的時光；
但慢慢地，我開始發覺，生命中，多了一種淡淡的苦澀味；
一盤生意，其實只是困在一個沒有窗的空間中；這讓我一直被困著，見不到外面的世界；
我不知道，這種日子，還要經歷多久？

我和你也是大學畢業，有著一定的學歷；難道我們就要如此，困在一間小店裡，度過一生嗎？

你說，這只是暫時的光景；未來，我們可以再開分店，或者再創其他事業；
但是資金呢？人力呢？談何容易！
我開始沒有這個把握了……

你說：「生活，應是一種恬靜。」
你說：「人生，應有一份踏實。」
你又說：「很多人都沒有機會創業，我們能夠擁有一間小店，實屬幸福；創業難，守業更難；我希望我和你，能一起過著平實而快樂的日子……」

只是，當我遇上了他，我覺得世界，是可以不一樣；

他有豪華房車，他住在高級的住宅裡，每天享受著珍饈百味……

今天，我坐在自己小小的咖啡館裡，喝著這杯很有層次感的咖啡，
突然我發覺，味道其實很單一；
原來在不知不覺中，我已經厭倦了，這種所謂層次豐富的味道……

我希望懶惰一下，我希望享受富貴榮華；
我不希望這一生，都只躲在這小小的咖啡店的廚房裡……

你說我是拜金嗎？可能是的。
在年青的日子，能夠有一位富有，而又有學識的人看重自己，實在是一種很大的誘惑……

其實，我不是想離開你，只是有一天，他來到我們的咖啡店……

接著，他每星期都來，總點上同一款高價咖啡；
我和他攀談著，而你就在廚房裡忙著……

他總愛對我說：「你烹調的咖啡特別香濃，你學了很久嗎？」
他又說：「原來你是一位大學生，你讀會計的嗎？其實你為何不做回會計工作？
你真的很喜歡做咖啡店嗎？你又要弄咖啡，又要收錢，又要收拾餐具，
又要打掃，我見你都很辛苦……」

是的，我的確很辛苦；經營一間咖啡店，表面是老闆，實質是高級打雜員；
他真的明白，他一切都看在眼裡……

他每次到來，總是光顧同一個餐；
他說：「你知道我為何只點全日早餐A呢？
因為我見這款早餐，最容易烹調，我不想你太辛苦……」

我慢慢開始，喜歡上了他！他相約我外出，我居然亦偷偷地答應……
慢慢地，不是一兩次，我和他外出的次數，都很多了；
每次我只告訴你說，我約了朋友；我留下你一個人，在店裡忙這忙那……

是的，我真是覺得自己，很對不起你！

我知道，我沒有甚麼話可以再說；人生有時，真是一些很艱難的選擇；
我只可以說，我曾經深深愛過了你；
但是現實，讓我覺得，一切都夠了！我真的感到很疲倦了！

求你原諒我心中的疲乏！
我不是不愛你，我只是想，透過交友，去改變自己現在的生活……

你知道我們的事了！
今天你問我：「你有愛他嗎？」我說：「有一點的。」
我是希望，我能越來越愛他……

其實，我也不知道，我和他，是不是真的能有發展的機會；
或許，我只是想找個藉口，逃避現在的生活；
我只是想找一個藉口，離開這間咖啡店，重新過屬於自己的生活……

說真的，他並沒有很愛我，我也真的沒有很愛他；我們只是很初步的交往……

你說：「你為何你要這樣無情地對待我？」
你又說：「你真的想清楚了嗎？」

我想，往後就算我和他沒有發展，我也想，我的人生，能夠重新出發；
就算我不是和他走在一起，我也想，放棄這間小小的咖啡店……

你說：「我們重新開始好嗎？」
但我知道，這間咖啡店，是你用盡心思經營出來的；
開咖啡店是你的心願，我知道你不想放棄……

對不起！我不想迫你去選擇，請你讓我退出吧！

今天我見到你的淚水，不停的流下來；我也感到深深的難過；
我知道我的作為，實在讓你傷透心了……

你說：「你其實是不愛我？還是不愛這間咖啡店呢？還是兩者都不愛？

如果你是不愛我，我無話可說；但如果你只是不喜歡和我經營咖啡店，
我可以單獨經營，你可做回你的會計工作……」

是的，其實我是不愛經營咖啡店，也移情別戀了……

我說：「對不起，我真的想有一個新生活……」

或許，在經營咖啡店這幾年裡，我們的生活，只圍繞著咖啡店；但其實很少，圍繞著我們；
特別是這幾年，你都很少顧及我的需要……

我們這五年，努力地經營小店，一次旅行也沒有去；
我知道，如果你獨力經營這咖啡店的話，我們相處的時間，就會更少了……

真的，我不是很愛他，但我想藉著他，離開這裡，開始一個，屬於自己的新生活……

或許，愛，從來都是自私的；要真正去愛一個人，從來都是很艱難……

或許，有一種愛，是言語上的愛；
或許，有一種愛，是行為上的愛；
或許，有一種愛，是背後默默的愛；
最後一種，是犧牲的愛……

從來，最常碰到的，是言語上的愛；
你對我說一句「我愛你」，但其實，你究竟有多愛我？
你真的很明白我嗎？你真是很想與我有心靈上的相愛嗎？
還是，你只想得著肉體上的滿足？

言語上的愛，曾經你有給我；不過在今天，在經營小店的忙碌下，你愛的言語都很少了！

有一種愛，是行為上的愛；
你為我做著我所想的事；你為我預備舒適的居所；你為我預備未來的生活；
我知道，一切你所做的，有些是為了愛我，當然有些，是為你自己；
經營一間咖啡店，是為了生活，你也是希望，為我們安排未來；
但這種謀生方式，並不太適合我……

有一種愛，是在背後默默的愛；
曾經，你有默默地關懷著我，你有默默地注視著我；
但到今天，這種默然的浪漫，都再沒有了；
有的，只是你忙著沖咖啡，忙著招呼客人，忙著入貨；
你向我表達愛意的日子，基本上是零的了……

但無論如何，曾經，你為我付上過言語上的愛，行為上的愛，以及背後默默的愛；
這的確，是一份真愛……

或者最後一種，是犧牲的愛；這一種愛，實在是太難付出的了！

你要犧牲時間，去完成我的願望；
你要犧牲你的專長和興趣，去遷就我；
你要犧牲你人生的追求，去為我設想；
你要犧牲你生命深層所需，去成全我……

是的，這時候，你會卻步，你會計算；
因為我相信，在有餘的時間去幫助我，你還可以；
但要犧牲你的理想，這就有點困難了……

其實，我對你，又何嘗不是？
我根本，也不想再為你犧牲甚麼了；
或許，我比你更差勁……

或者這世上，願意付出犧牲的愛，只有一位；
祂就是主耶穌，祂願意用犧牲自己性命的方法，去對人作出拯救和愛……

在人世間尋找犧牲的愛，根本就沒有可能；
如果我能夠找到言語上的愛，行為上的愛，以及背後默默的愛，其實我覺得，
我已經是大贏家了……

我知道，你已經盡了你最大的努力，去愛我；
你也不要再為我，犧牲甚麼了！
你繼續經營你的咖啡店吧！你繼續追求你自己的興趣和理想，好嗎？

愛著一個不適合的人，是很累的；
你愛著我，但我們的興趣和未來方向並一致，其實，你會更累……

今天，請你不要再想，為我放棄甚麼了！
正如，我也不想為你，放棄我的未來一樣……

我也曾經為你，付上過言語上的愛，行為上的愛，以及默默的愛；
我一直支持和協助著你經營咖啡店；
只是，我不能再為你，付上犧牲的愛……

希望你能明白，人生走著走著，人心裡的計畫，是會有所改變的；
希望你能明白，人生走著走著，我真的希望，能做回自己……
如果你希望，我能犧牲自己去成全你，對不起，我自問，真的做不到……

惟願你能找到一個，願意和你一起經歷未來的人；
對不起，再見了！請你原諒我！
也請你忘記，這一個差勁的我……

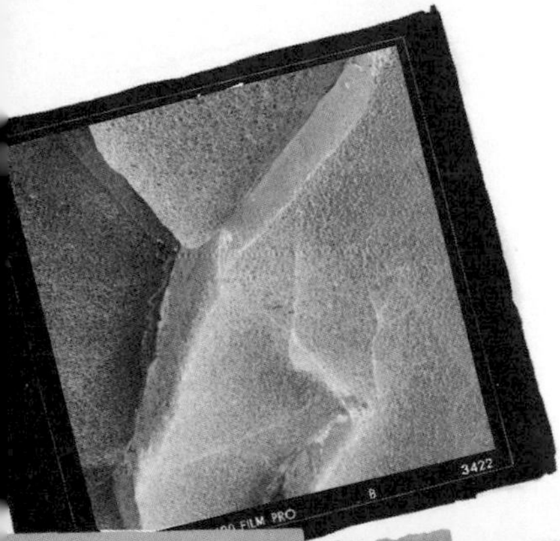

生命中，
彼此總有很多不同的尋索和價值觀；
大家，都在追逐著不同的夢……

惟願你能找到一個，
願意和你一起經歷的人；
對不起，再見了！請你原諒我！

六月十六日　陰

我應該明白，從來生命中，
就沒有兩個人的所想所念，是一致的；
更沒有兩個人的期盼，是可同步相知的……

生命中，總有很多彼此不同的尋索和價值觀；
你有你的願望，我也有我的人生計畫；
大家，都在追逐著不同的夢……

或者，從一開始，我對你所存的愛，
我不經意對你放下的感情，就是錯的……

錯，到了今天，便是我的逃避，
便是我的轉身離開……

對不起！

是的，其實你一早已經告訴了我，你的想法；
逃避，是我最後的一個方法……

對不起，請你忘記我！

13——偷偷愛著你

每一個人心裡，都有一份說不出口的祕密；
每人心底，總有一個，說不出口要去愛的人……

不要問我，這人是誰；
埋藏祕密，其實是一件很痛苦的事……

偷偷地愛著一個人，其實，我也有著害怕；
我害怕一切的祕密，有一天，會讓你知道……

我比你年紀大上很多，但我的學歷，我的身分，都並不及你……

那究竟我的愛，是想讓你知道，或是不想讓你知道呢？
其實有時，連我自己，也不曾理解……

讓你知道我的愛，這是我的一份心願；
但不讓你知道，我還可以繼續和你，維持我們原本的關係和情分；
這樣，總來得安穩和安全……

可以說的話，其實，我都已經說過了；

你明白或是不明白，你領受或是不能領受，或許，我都已經，再沒有其他方法了……

我只知道，在我心裡，只愛著了你；
愛著你這件事，於我，卻是沒有任何退路的了……

在一間投資銀行裡，你是如此的有身分和地位；
我知道，你從英國回來，畢業於一間名牌大學；
而我，只是一位小小的支援人員；我只有高中畢業……

其實，每一次見到你，我都沒有與你說上甚麼話；
每次見到你，我也只是平平淡淡的，凝望著你；
我沒有用上任何特別的眼神；我亦沒有調高或調低我任何的聲線……

但其實，你會知道嗎？
我內心，蘊含了幾多，想與你說的話；只是一直，我都沒有告訴你……

我們第一次的相遇，是在公司電梯裡；那時我捧著一大疊文件，而你在電梯內，不單幫忙我按樓層鍵，更幫忙我搬運；
你問：「要搬到那裡去呢？」
我說：「三樓財務部。」
你二話不說，就幫我將文件，搬到三樓的財務部去。

我見那裡的人，都投放著奇異的目光；
我知道，你是迷人的，太多人喜歡你了！
你又樂於助人，基本上，我知道，你一定很受眾人歡迎⋯⋯

而我呢？我只是一個小小的職員；我憑甚麼，去喜歡你呢？
我對你說一句讚美的說話，也不夠膽量⋯⋯

欲言又止，從來是一種最無奈的選擇和狀態；
總讓我的心，變得不平靜；
總讓我的心，很難找到片刻退隱之處⋯⋯

每當我呆呆望著你的時候，其實，我的心，總在翻騰著；
在每一次目送你離去，我的心，總是那麼的不捨⋯⋯

記得有一次在茶水間，你端來一杯熱咖啡給我；
你說：「這是你喜歡的味道嗎？」
我受寵若驚，的確，這是我最愛的藍山味道。
我問：「你怎麼知道的？」
你說：「我上次見著你喝⋯⋯」

無論你目的是甚麼，我只知道，在那一天，我整天都在笑；
其實，我真的很喜歡你！

不過我也知道，你不單對我好，你對其他人，也同樣的好⋯⋯
又有一次，我在路上遇上你，你說：「我們去飲一杯咖啡，好嗎？」
我當時驚喜得不能回應⋯⋯

整晚，我都只是留心地聽你說話；而我自己，就變得吞吞吐吐；
我實在很喜歡你，喜歡至不懂說話⋯⋯

在你離去以後，我獨自走在路上，望著面前的燈影時，我知道，
我總會在心中，牢牢地去記著你⋯⋯

是的，我和你，無論在身分上，年齡上、學歷上，都不相配；
我知道，我對你，只是一份偷偷的愛⋯⋯

我只會選擇在夜深時，才去默默的想著你⋯⋯

最近，我結識了一位男生，他對我很好；我們各方面，都很相配；
有時相配的愛，就是最舒服的愛吧！

其實誰人愛我，誰人不愛我，我會不知道嗎？是的，他是愛我的。
但不知為何，我就是對踏實的他，沒有太大興趣，也沒有很多感動；
我對虛幻的你，就是愛在心裡⋯⋯

對我來說，不愛你，不知為何，就是很困難的，也是很難過的；
因為，在偷偷愛上你以後，我開始有一種，不能自拔的感覺⋯⋯

或者，人從來，心中有三分之二的事，是不可告訴別人的；
如果赤露剖開的話，結局，可以是毀滅性的；
很多經歷，許多感覺，或許到最後，只讓自己知道，就夠了⋯⋯

今天，你又在茶水間，明明地給我送來一杯我最愛的熱咖啡；眾人都注視著，但
你卻毫不介意。
今次，你還加送一合蝴蝶酥；
你說：「謝謝妳上次幫我做的文件支援。」
你又說：「妳真是一位溫柔又體貼的女生⋯⋯」

是的，你的禮物，只是多謝我的幫忙罷了！我不要想多了！
其實，我又怎能控制自己，不去想更多呢？

或者，在幻想的愛中，我得到了一種，獨特被愛的快樂⋯⋯

今天，你交給我一些工作時，你突然前來問我：「妳對我有甚麼感覺啊？」
我不知你是認真的問？還是打趣的問？
不過我的心，就是顫抖了⋯⋯

不要再追問我甚麼了，我是不會回答你的；
我並不是想收藏著愛你的熱情，而是我真的不懂，如何去向你表達，我心裡對你的愛意……

我知道，我和你最後的結局，只會是彼此無言的走失；
我還清醒，我的理智告訴我，我們根本不可能走在一起；
你也不要再給我甚麼幻想了！
想到這裡，其實我已經紅著眼；我已經無法，再說甚麼了……

其實，甚麼是日久生情？甚麼又是久而生愛？

就是當有一天，我發現，我見不到你時，突然很掛念你；
當有一天，我會知道，你的願望，就是我的願望時；
當有一天，我會知道，你傷心的時候，我就感到特別的難過，
我就知道，我愛上你了……

你在這公司兩年，一有機會，我就偷偷的望著你；
每凝望一次，我對你的愛，又加深多一點……

其實愛上你，並不是一時三刻的事；是慢慢的，是漸漸的；
我幻想著，我們能有著一種默契；

我幻想著，大家能有著一種親密的關係……
我幻想著，我們可以互相勉勵，然後，我可以努力地，在學歷上、在職位上，趕上你；
我幻想著，我們能夠有著一份，深刻的互相靠緊和彼此支持；
我幻想著，愛的感覺，能將我們，連結在一起……

是的，我能與你走在一起，只是我心中，自己一個人的期盼罷了！
我知道，這場單戀，終究最後，都只會是一場無望的希冀！
最後，一切愛的感覺，只會如夢幻般，消失掉的了……

然而，日久的確生了情，日漸的確生了愛；
在我心中，我依然選擇，默默地去愛著你；
這的確是我的一份心事，難道，又不可以嗎？

或者，我們一開始的相遇，都是錯的吧！
或者，你對我的好，你對我的禮物，你對我的讚賞，都是錯的吧！
我們的相遇，無論在空間與時間上，都是錯的吧！

但當一切都是錯的時候，你知道嗎？
在我愛你這件事上，從來都沒有錯……

我只是選擇，一直地在心裡，去愛著你罷了！

或者，我的柔情，你從來都不會明白，你也從來，都不會知道；
因為，每當我默默地凝望著你時，其實你一直，都沒有抬頭，望我一眼……

或許一切的感覺，都是虛幻的；
或許一切的感覺，都只存在於一處，只屬於我自己個人的幻想空間裡；
從來我愛你這件事，只有我，卻並沒有你……

或者，我們會如此錯過嗎？
其實你的心，究竟在想著甚麼呢？你也可以告訴我嗎？

今天在街上，我和他慢慢地走著；
我知道，在現實中，我要嘗試努力去愛他；他才是我最後的人生伴侶……

突然面前迎來了你；
你和我說：「你男朋友嗎？」
我說：「是……」
我見到你憂憂的眼神，然後你沒有說話，靜靜的走了……

或許，我又想多了！我又在自我幻想了！

一個月後，你離職了；沒有同事知道你去了那兒；
聽聞你離開香港，往外地發展……

我message了你，你也沒有再回覆我；
是的，我只是一個小角色而已……

從來現實的殘酷，總讓人與人之間的距離，相隔很遠……

分離，是否真的比相遇，更容易？
放棄，是否真的比找緊，更自在？

放棄，只需流下一次的眼淚，痛一次，就夠了……

你知道嗎？你離開這麼多年，我都再沒有收到，你任何的消息；
其實，我是感到多麼的忐忑不安；
我總在每一個工作場景的細碎片斷裡，不斷地，再尋找著你的影子……

每一個人，都有失望的時候；
失望，總是因著一種不能控制的失去所致……

現在，我和他交往得並不錯；我嘗試用很多說話，去說服自己，不要再去想念你；
我也用很多工作，很多進修，去堵塞著我生活的空間；以令我的心，不再去被你觸動……

但是，當我一靜下來的時候，我還是記掛著你；

在入夢以前，我總是為你，流下滴滴的眼淚……

真正愛著一個人，從來就不是一件，說了就算的事；

就算是偷偷地愛著一個人，的確，也是一份愛……

是的，曾經你不會覺得，面前的我，對你，是有著如此強烈的感覺；

或許，當我見不到你時，在思念當中，我對你，仍是如此深深地眷戀著……

或許，這種只有思念，而沒有實質相處的關係，讓我可以愛你更深，更持久；

因為這樣，彼此就沒有甚麼相處上的衝突；

不過我還是覺得，見不到你，我總是感到很難過……

記得曾經有一次，你相約我晚飯，你說：「我想答謝你的幫忙……」

你請我到一間，很高級的餐廳晚飯。

記得那次，我和你面對面時，我望著你雙眼，我知道，我並不適合你；

但在我心裡，還是感到很開心，很雀躍；

而你那時面對著我，其實你的感覺，又是如何呢？

最終，你都只是閒話家常；你對我，都只是普通朋友吧！

其實，你為何突然離職呢？與你碰上我男友有關嗎？

我又是想多了！

在思念當中，我對你，其實有著無限的想念思潮；
我還是覺得，沒有直接說出的愛，在我心中，總滿有一種，不能落地的難過⋯⋯

是否，你只在享受著，我切切愛慕著你的感覺？
其實你對公司很多其他女生，都是這樣嗎？

今天，我在公司聽到一個消息；原來你突然離職，是因為，你認識了另一公司高層的女兒，你要
陪她，一起前往新加坡⋯⋯

我心沉了一下；其實我一直都知道，是我自己想多的了⋯⋯

但知道你幸福，我也應該替你高興吧！
我還愛你嗎？會的，你還是會將你，埋藏在我心底，
因為，你是一個，我曾經偷偷地愛過的人⋯⋯

五月十五日　密雲

人生，總逃不掉七情六慾……

根據《禮記》，「七情」就是喜怒哀懼愛惡欲；
七情中，大部分人都追求著喜；
而我，總追求著愛……

我一直，都在追求著，愛你的心；
又或是，我當然也希望，你也能愛我……

後人總結「六慾」：視聽味觸嗅意。
或者六慾中，我所追求的，總是意慾……

無論在精神上，意念上，我都需要有愛的滿足；
特別是一份愛的意念，愛的感覺；
這些對我，特別重要……

有時我想，我不是想擁有你，
而是在想擁有，和不能擁有你之間，
我就只想，單單地愛著你……

每一天，我都在祝福著你；

當我心中想著了你，我臉上，就微笑了……

我能夠知道你幸福，我心中，總有一陣快樂；

只要你能夠住在我心中，我就感到很滿足……

慾望止於此，情感延申在其後……

你，又在想著甚麼呢？

五月十八日　和暖

有一種愛，是我不想和你去計較；
有一種愛，是我愛你，比我愛自己更多……

又有一種愛，是你不會明白，
深藏於我心中，對你曾經私自許下的承諾；
我總是魯莽和不顧一切的，去堅持著這份愛；
我總希望能夠，永遠地去愛著你……

或許在我深層的思維中，
我還是希冀著，會有這麼的一天，你會願意愛著我……

其實，你會以為，你真的只是在我身邊擦身而過嗎？
你會以為，你只是在我身邊，逗留過一小段光陰嗎？你會覺得，我會是毫無感覺的嗎？
你不要以為，我們一切的交往與相遇，是會不留痕跡……

或者，我已經將你，深深的埋藏於我心中，
我更將你，封存並定格於我心靈以內；
以至在每一天，只要我一靜下來，我就不期然地，想起了你；
我更不能自控地，深深的想念著你……
雖然，這一份愛，只有我一個人知道……

14 —— 你出軌，所以我出軌！

聖經中又有這樣的一個故事：神吩咐先知何西阿，要去愛一個淫婦，還要娶她為妻……

作為一個男性，要去愛一個對自己叛逆的妻子，基本上，是沒有可能的；
這份愛，真是難上加難……

聖經這樣要求先知，其實是表徵著，神對人無限的愛；
當中想說明，就算你不可愛，神還是會選擇，去愛著你……

但是在現實中，愛，的確是一件十分艱難的事；
又或是，去愛一個叛逆自己的人，根本就沒有可能……

如果你不愛我，甚至你已牽著別人的手；我還會願意，去繼續愛你嗎？

我是期待，你能愛我的；
縱使今天你不愛我，但我總希望，將來會有一天，你願意選擇愛我……

但是，如果你一直地叛逆我，甚至已經找了其他人來代替我；
或是已完全地，放棄了我；我相信，我一定不會再考慮去等待你了；
因為，這份不對等的愛，已到了，令大家都太難堪的境地……

人總有正常的人性，人總有嫉妒之心；
愛，從來都是自私和要求專一的；
我對你有要求，是一件正常不過的事；
如果你不再愛我，只愛著其他人的時候，或者，我一定，不會再考慮你的了……

或許，一份最深沉的愛，就是我根本知道，與你的相遇，就只是擦身而過；
我知道有一天，你一定會牽著另外一人的手不放；
或許我可以做的，就只是靜靜的祝福著你，遙遙地望著你；
然後選擇，在心底裡，一個人默默無言的難過；並選擇，一直心痛地，愛你下去……

其實，這是一份太大的艱難；甚或是，一份持久和極痛苦的愛情……

不要告訴我，這是一種包容的愛；這其實，只是一種被逼出來的愛；
最終，其實，我可能會選擇，放棄你……

我不是神，對你，其實，我並沒有很偉大的愛……

因為當我一直地去愛著你，但見到你對我的變臉，你知道嗎？這份愛，實在讓我太痛了！
我相信，這份愛，不會再維持太久的了！
當中所蘊含著的，是無盡的傷感與不斷的哀痛，總讓我沉淪在困苦中；
我是連一點點的亮光，都再也見不到……

我不想再讓自己，停留在這境地；

或許有一天，我會親自，向你說道別的了……

今天，我又再次問：「你去了那裡呢？」
我是感受到，你近來不安的眼神，納悶的言語，總是對我說話，吞吞吐吐的；
我覺得，應該是有事情發生著，只是你總不承認……

今早你告訴我：「今天我會晚回。」
我今晚一個人在客廳中，沒甚麼特別的事情要作，我靜靜的等著你回來；
你一踏進家門，就默不作聲，走去洗澡……

我感到一陣的不尋常。
往常你總會，先和我打招呼，說幾句話，才去梳洗；但今天，你好像有點和平日不一樣……

或者女人的好奇心是大的；
我的感覺告訴了我，似乎有事情發生了……

在你洗澡時，我尋找著你的衣袋，我亦尋索著你的公事包；
想不到，你突然從浴室走出來。
你見到我的動作，憤怒非常，更勃然大怒地問：「你在做甚麼？」
我說：「我想幫你掛起衣服，我想幫你收拾公事包……」

但你憤怒的情緒，蓋過了你的理智；你大大地責罵我，不停地數落我！

你大聲地說：「你不信任我嗎？你搜查我嗎？」
然後你憤怒地，將你的公事包和外套拿入房，然後關上門，更上鎖了……

為何你要這樣做？我真的有做錯嗎？
如果你沒有做錯任何事，你為何要害怕我這個動作？

我坐在客廳，傷心了一晚；不是因為我不能回到房間，而是因為你這樣狠狠地對待我；
我知道，一定有事情發生了！
你在外面，還有另一個女生嗎？

往後幾天，你對我都不瞅不睬；
可能你覺得，是我的錯，你想我先向你道歉……

但我總覺得，事情不是這麼簡單，我不會道歉的；
就這樣，我們冷戰了一星期……

今天早上，你突然和我說：「我今晚不回來了！」
我實在是晴天霹靂，我沒有再追問的機會，你就已經出門了……

我想著：「你要去那裡呢？為何不回來？」

雖然我們並沒有婚姻上的正式註冊關係，但我們已經一起生活，四年多了；

這真是一個不長，但也不算短的日子……

我們算是認定對方的了！你可以這樣，隨便拋棄我嗎？

是的，你一直不想簽字結婚，因為你說婚姻，實在是一種捆綁和束縛；
或者有時，我也有這種感覺；
所以大家，現在還是同居關係……

但是，沒有實質的承諾，就不代表對對方，沒有責任……

今天晚上，我打電話給一位久違了的男性朋友；
我和他談得很開心，然後我外出，和他見面了……

他是我一位很久沒有見面的朋友；
曾經，我知道他很喜歡我，只是我一直，只喜歡著你……

今天晚上，我和他一起，談的很愉快；
當他送我回到家樓下時，我突然有一刻，想他送我上樓……

我是很寂寞嗎？是的。
我愛他嗎？並沒有；其實，我只愛你……

或者我心底裡，是有一個衝動，就是你出軌，我也想出軌！
我是有一種報復心態！
但其實我內心，很難過，很空虛，亦很寂寞；
我只是想找他，做一個填補……

或者，他也看出了我的心事，他知道自己，只是第三者的角色；
他也沒有再打算，作進一步的行動……

男性要的，可能是很簡單；我沒有邀請他上樓來，他就走了；
因為聰明的男生，都不會白白浪費時間……

而我，卻陷入一個莫大的困難當中……

我和你繼續居住在同一屋簷下；我們大家都互相不瞅不睬；
你有你的生活，我有我的工作；然後，你偶爾才會回來；
而我開始對你，也同樣的，不聞也不問……

或者大家心裡，都有一根刺；但是，總是沒有辦法去說清楚……

這晚，我終於忍不住去問：「其實我們，究竟發生甚麼事了？」
你冷冷的說：「你對我們的關係，已經感到厭倦嗎？你總是懷疑著我，總對我沒有信任……」
你又說：「我很難繼續，維持和你的關係……」

我說：「真的嗎？我是常常懷疑你嗎？你真的沒有半點行差踏錯嗎？」

你斬釘截鐵的說：「沒有。」

那我問：「為甚麼你總逃避著我？為甚麼總不向我交代清楚去向？晚上，你究竟又去了那裡？」

你說：「我只是去了其他男生家聚餐，打打遊戲機，看看球賽……」

你說：「我只想逃避你的追問和不信任……」

我說：「是嗎？」

你將手機拿給我，叫我細看你最近的紀錄；我看了一看，就交還給你。

我知道，其實看手機，有甚麼用呢？

你要我看的，我一定會看到；你不想我看到的，我也根本不會知道……

我將手機還給你，然後說：「我們可以重新開始嗎？」

你說：「我知道你在和他交往著，那晚我見到他，送你回家……」

是的，我只是相約他一晚而已，為何你也知道？

你說：「我憤怒離去的那晚，其實我一直在樓下，並沒有離去；我只是在樓下坐著，不想回來罷了！」

你又說：「但想不到，你居然這麼快，就約了其他男生……」

你再說：「如果那晚，他夠膽上來我們家的話，我一定會和你即時分手……」

是嗎？原來是我出軌嗎？不是你嗎？
我搞不清楚整件事了！

你說：「人與人之間的信任，需要建基於雙方，如果你不能信任我，我們很難一起走下去；難道，
只有我一個人，單方面去信任你嗎？」

此刻，我知道，其實，你是愛我的！
你並沒有責備我；你沒有責備，我和那位男生在一起的事；
你是想挽回，大家的感情與關係……

我的眼淚，開始慢慢流下來了……

我知道，其實你是明白我的；
或者這一刻，我也不知道你說的話，是真還是假，但我只知道，其實，我還是很愛你……

我只有兩個選擇，一是當從前一切，都是我的錯，是我猜度了你；我們繼續，努力一起走下去；
另一選擇，就是當你真的有錯，我們分道揚鑣……

是的，有時候，心底裡作小小的愚昧，選擇看不見對方的錯；如果可以換來一起走下去的美好，
那就繼續選擇愚昧吧！

你見到我的眼淚，你就緊緊地擁抱著我；

我的眼淚，默默地再流下來；
我希望我和你，永遠也不要再分開……

經營關係，有時是很困難的；互相信任，其實並不容易；
在愛與不愛中，在可以選擇信任你和不信任你中，
或者今天，我仍然想選擇，去相信你，去愛著你……

能夠陪伴著你的日子，
是多麼的美好……

有一件事，我發現，我還是可以捉緊，
就是我愛你的心，
我可以選擇，不去改變……

九月廿日　陰

從來生命中許多的事，都沒有想過會發生，
但卻獨特地，發生了……

今天我獨個兒看了一部香港電影《幻愛》，
見著戲中輕鐵的來來往往，思憶起我們許多的往事……

我邊看戲，眼淚，就慢慢的流下來；
是的，我刻意一個人去看這齣戲……

買票的時候，我選了一個單座位；
不知為何開場前，旁邊坐了一位男生……

我望著他，並不是你；
我多麼希望，他會是你……

戲中的男主角，患有思覺失調；
他知道，沒有人會愛自己……

他也從來都不敢去愛，
縱使在第一次接觸時，他已喜歡上女主角……

愛情對他來說，只是幻象……

女主角本是貪愛金錢，但最後，她卻選擇了愛情；
因為男主角對她深深的愛和依戀，讓她愛得義無反顧……
最後她也為男主角，暫時犧牲了學業和前途……

值得嗎？看著，我覺得值得。

真正愛的力量，是巨大的！

當我知道你是怎麼樣的人，我還是選擇繼續愛你；
這，才是真愛……

從來承諾是很重要的！
一個人要好好地愛另一個人，
是要持續地愛，是要不離不棄……

我的眼淚，從電影的開頭至結尾，都流落下來……

從來沒有人，會願意離開自己所愛的人；
從來沒有人，會願意離開愛過自己的人……

是的，今天，你沒有離開我，謝謝你！

從來，愛是一件很艱難的事；
需要雙方作出很多的協調和努力，
彼此才能真正地走在一起，才能繼續，相愛下去……

無論何景遇，無論何狀況，
你知道嗎？我也愛你……

九月廿三日　晴

人生，很多事都無法選擇，但是愛你，卻可以……

在漫山葉穗中，我無法掌握黃葉的流落；
在褪色的黃昏中，我也不能捉緊半點太陽的餘暉……

人生，從無定向；
生命的氣息，亦不是人輕易就可掌握……

然而，有一件事，我發現，我還是可以捉緊，
就是我愛你的心，我可以選擇，不去改變……

15 —— 你對我，是有欺騙的心嗎？

香港房價高昂，買一層樓自住，一點也不容易……

港幣五、六百萬所買到的，也只是新界地區，普通的兩房；折合是台幣二千多萬了……

究竟房契寫何人名字，首付房貸又如何分配；許多時，都會成為，情侶之間的爭拗點……

分配不好，分手是其中一種最消極的解決方法；

不分手，彼此也會常常為此有所爭執……

昨天，我們很快樂地，看中一個新建案；

我和你，都工作很多年了；我們想著，一定要合力購買一間房子，為我們將來的人生鋪路……

大家一起辛苦存首付，努力了六年；每人分別存了三十多萬，準備買房。

我們打算利用發展商和銀行提供的九成貸款，買一間約六百多萬的新界大樓；

大家討論著，屋主名字的安排……

你說：「應該只寫我的名字，然後大家一起付房貸；幾年後，當我們財務狀況鬆裕一點，就可以利用你的名字，再多買一層；這樣，我們就可免去第二間房子的雙重印花稅。」

我聽了這建議，心裡有著一種不安……

我即時反建議說：「不如這間房，先寫上我的名字吧！然後有機會購入第二間房子時，再寫你的名字！」

其實，我們已經排期註冊結婚了；彼此，應該是要互相信任對方的……

你聽了我這建議後，面色一沉；你問我：「你是否不信任我？」
我當下心裡，冷了一下！我在想：「是你先不信任我吧！」
我心裡又想：「為何我們第一間房子，不先寫上我的名字呢？」

我並沒有回答你；就這樣，我們拉鋸了幾天；
買房這件事，最終，也停下來了……

第一層合資的房子，寫上誰人名字，很重要嗎？其實是很重要的。
那麼不如我們平均分配吧！就寫上我們兩人名字，不就可以嗎？
然後在未來，想購買第二層房子時，我們才再作打算吧！
到時，我可以先改我第一層房子的名字，再購入第二層房子；只是多了印花稅和律師費，但卻解決大家的心結了……

另外，房子上，如果能寫上我們兩人名字，那用我們兩人的工作收入去申請銀行貸款，還更容易；
但你說：「這是新房，有發展商提供的呼吸 plan，凡有呼吸的人，就可以借到九成貸款；不用兩人合名了。」

你說：「房子不用寫上我們兩人名字；我們有能力付房貸，就可以了……」

我不能夠再辯駁你！
我只知道，原來感情以外，加添了現實和錢財的因素；就會令彼此原本簡單的關係，添加了許多複雜的因素……

人與人之間，在現實生活中，究竟有多愛對方，究竟有多願意為對方付出，在某些位置上，就會看得一清二楚了……

你問我：「為何你不願意將房子，先寫上我的名字呢？你不也是一樣自私嗎？」
因為我覺得整件事，你不是和我商量；
而是一開始，你就要求我去就範，要求房子只寫上你的名字；
我感到，有一種不安全感……

或許，我們這六年多的感情，在金錢這課題上，真的受到最嚴峻的考驗……

是的，防人之心不可無！
我和你的關係，已這麼多年了！
我們即將步入婚姻，其實真的不應該，再這樣去分你和我；
但是，我曾有的經歷，以及一些社會實際新聞告訴我，金錢，還是要說清楚一點；
金錢，還是掌握在自己手中，比較安全……

其實，如果你是愛我和信任我的話，那麼為何，你不讓房子，先寫上我的名字呢？

我們互相不瞅不睬，已兩星期了！
慢慢地，連我主動找你，你也不回覆我了！
我們籌備中的婚禮細節，突然都停下來了……

我開始覺得，情況不妙；今天，你突然說：「不如大家先分開一陣……」
我簡直是晴天霹靂！為何要這樣呢？
接著，你就選擇無聲無息的，走了！
你中斷了我們彼此的聯絡，然後，你消失於我的世界中……

我完全不明白，只是購買房子，不寫上你的名字，大家就要如此分手了嗎？

你真的是為了金錢，才和我走在一起嗎？
你真是想對我，有欺騙之心嗎？

其實如果我們結婚了，房子寫上我的名字，就算我們分開，你也可以分到房子一半的金錢。

你原先，是想房子寫上你的名字後，你就離開我嗎？
你真的想騙取我房子的首付嗎？只是三十多萬！
你用六年時間，去騙取我三十多萬嗎？
這個騙案，難度也太高了吧！所投資的時間，也太長了吧！
或是起初，你的確是愛我，往後，你就改變心意了？

我心裡想：「你對我，已經沒有愛意了嗎？」

我又想：「或現在計畫失敗了，你就離我而去？」

我完全無法接受，你是想欺騙我這想法！

你走了，你也沒有作出任何解釋；就這樣，我們完結了六年的感情……

我的朋友們，叫我要清醒，說你根本就不愛我！
如果你愛我的話，房子名字的問題，不應是我們的爭拗點！

很簡單的，第一層樓，寫上未來太太的名字，根本很正常；何況首付，我們是每人提供一半……

或者，從來人，在不知道任何答案下，就慘被拋棄，總會是一件，極度痛苦的事……

我哭了再哭，因為我太不明白；
或者，你是想用離開我這方法，迫我找你，然後向你道歉嗎？
你想讓我最後，願意將房子，只寫上你的名字嗎？

但是我再冷靜下來，我這樣想：「面前的你，我應該還在乎嗎？」
我又想：「如果你是因為一個房子，或是半個房子而放棄我，同時放棄我們六年來的感情，其實，你有多愛我？你還值得我去愛嗎？」

我想著：「如果你真是為了金錢而不愛我，你這次放棄我，其實，是給我一次逃生的機會！」

我想著想著：「未來的口子，我還可以，找到一個真正愛我的人嗎？」

我在街上慢慢地走著，我抬頭，望著這繁華都市中，許多的高樓大廈；
其實，我只是想擁有一位丈夫，我只是想擁有一個家；
我只是想擁有一處安居的房子；為何最後，會換來自己一個？

難道在香港社會，在金錢掛帥下，要達成這些願望，都是很困難的嗎？

我已經三十多歲了，其實就算結婚了，再懷孕，我也會是高齡產婦；
我真的很想，擁有一個屬於自己的家庭……

我越想越難過，我為何會這樣失去了你？
究竟失去你，是一件好事？還是壞事呢？
在我這個年歲，還有情感上的盼望嗎？

其實，我還是很愛你的！我們真的沒有其他協調的方法嗎？
我們可以先租屋居住的，我們可以不用買房的；
或者我可以辭職，我們再申請國民住宅，好嗎？

其實你可否，給我一個，你離開我的理由呢？

走著又走著，過了一年，都再沒有你的回音了；
我知道，你是不會回來的了……

拿著三十多萬首付，我抽中了房子；我買了一間，只寫上我名字的房子；
我一個人住著，我將我新的家，布置得很美……

我相信，一定會有人再愛我的，因為起碼，我現在是一個小小的屋主了；
當然，我現在會更小心，因為我不希望會有男生，是因為我的財產，才來愛我……
在你沒有珍惜我的時候，我要更好的，珍惜我自己……

六月廿四日　多雲

每次在夜幕低垂以後，
我心中，總會無聲的記掛著你；
這的確是一種，一個人心靈的低沉；
亦是一份，明白不能再獲得愛情的無奈與無力感；
是的，我需要獨個兒，承受這種難過與失落的代價……

有時候，我會知道，在黑暗中，我是再找不到你了；
在寂寥中，你已是我一份逝去的記憶；
然而，我卻一直在記憶中，含淚地擁抱著你……

或者，我和你一開始，就在不對的時空中相遇；
然後，走著走著，就愛上了；
再走著走著，就散了……

愛，從來不是一個人去努力，就可以獲得的事；
所以，才讓人特別的難過……

或者我要學習，慢慢去忘記你……

或者當有一天，我在晚上，不再想起你的時候；
當一切的追憶，我知道，真的是再追也追不回來的時候；
或者，我就能夠，忘記你……

六月廿六日　陰

你知道嗎？
你加諸於我身上的痛，是何等的讓我難過……
當我獨個兒地無奈，當我獨自去演繹痛楚，
當我陷於哀傷的時候，我總是如此，孤單的一個人……

在絕望中，我總是選擇，默然而無聲的低泣……

然後，我去學習遺忘；
但是，我對你，有時，是不能忘記……

我又再次強迫自己，去忘記你；
然後，在忘記與不能忘記的循環中，
在多次沉淪以後，你知道現在，我處在那一個狀態上嗎？

就是，我開始習慣，沒有你的晚上；
我慢慢習慣，一個人的旋律；
我已經習慣，你不在我身邊這種感覺；
我已經開始接受，我和你，原來已經失聯了……

我亦開始明白，無論我怎樣尋找，
我仍然是，再聽不到你的聲音了……

當一切已經成為習慣，
或許有一天早上，當我醒來的時候，
或許我會發現，我已經，把你忘記……

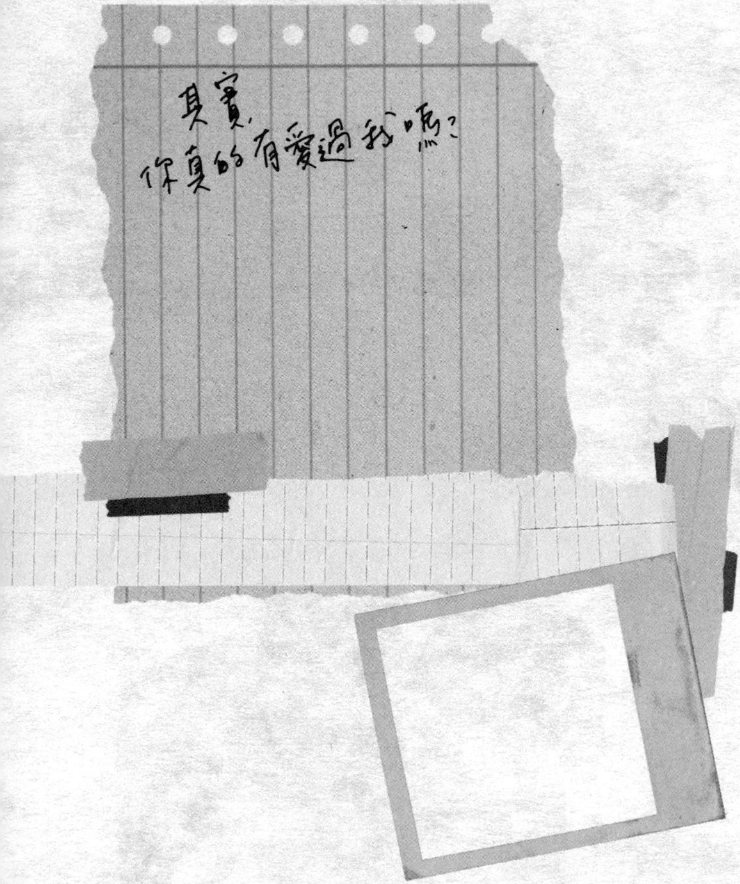
其實，
你真的有愛過我嗎？

其實情感中有兩大傷害：
一是語言的傷害，可以成為人一生，在心中深層次的受傷，永不磨滅；
另一種是對人身體的傷害，不單當時覺得痛，更會成為，生命中的陰影……

愛，同樣也可以變為不愛；不愛，又可以再變為恨；
當中，大家經歷了幾多的情感傷痛？

或者，我們在不愛以前，在未有恨以先，最好盡快解決問題；否則關係繼續惡化，
可以是一發不可收拾的……

生活存於細節中；真正的愛，應在每天裡去發掘……

其實我總記得，在不少次我們彼此爭吵的時候，你曾對我說過，許多難聽的說話……

是的，或者你是衝口而出；
你說：「我很後悔和你走在一起！」
你說：「我不明白當初，為何會選上了你……」

你知道嗎？每當我再次想起你說的這些話時，我就會覺得很難過……

雖然你已經道歉，但我總覺得，在你心裡面，確實是有這種想法；
只是在那次盛怒中，你無意地將話說了出來，讓我知道實情罷了！

每當我想起你說的這些話，我就想起了我們的關係，原來在陽光底下，
有著如此陰暗的一面；我就感到，一種深深的切膚之痛……

從來說話的威力，是很巨大的；說出口的話，更是覆水難收；
毒恨，就如一份陰暗，在我心中蔓延著；
悲傷，又像一股無底的深潭，讓我的心，一直跌下去……

在我內心，好像開始，對你隱藏著一種失望；
這失望，不知為何，一直都在放大著，連一點消退的痕跡也沒有……

我知道，你已經在盡力挽回彼此的關係；
你盼望你的補救，如陽光般出現，可以將陰影除去；
但原來，陰影的威力，不是人可以預期……

陽光灑下所見到的美麗，其實只是埋藏在陰影中，一抹最虛假的瑰麗罷了！

無情的說話，就是無情的說話！
聽了後，無論用甚麼方法，我就是無法忘記……

今天，我又再次記起你說：「我很後悔認識你！」
今天，我又再次記起你說：「我很後悔和你走在一起！」

每逢我想起你這兩句說話，我就覺得很傷感……

大家彼此間的一些小事，為何總要化成大事呢？
我們只是一點小衝突，你為何，總要這樣對我亂發脾氣呢？
你為何，總要對我說上，這樣傷害的說話呢？

其實那次，我只是將熱水，放在廳中，不記得拿回廚房罷了！
熱水燙傷了你，我也真的覺得不好意思；但我可是無意的……

或者我當時，對你說話的語氣也不太好，因為我也忙著做家務；
而你可能，因為被燙傷了，覺得我還不好好道歉，又沒有即時仔細地去照顧你的傷口，
所以你就衝口而出，說了這兩句話……

這兩句話，在我腦海中，總不休的盤旋著；白天和晚上，我都好像再次聽到……

是的，我傷害了你的身體；然而，你卻傷透了我的心……

衝口而出的說話，不是說過了，就可以當沒事了；因為對方聽到後，可以是記憶猶新的……

今晚，我嘗試將我的感受去告訴你；但你已含著憤怒，睡著覺了……

人與人之間，最難過的，就是彼此溝通不了……

是的，或者我知道，你是愛我的；
但為何，你又可以說出這樣無情的說話呢？
我又想，你真的有後悔，和我走在一起嗎？
所以你想也不用想，當時就可以衝口而出地，這樣說了？

你的話，真的讓我很難過；
你知道嗎？衝口而出的說話，其實有時候，最會讓人感到無地自容；
你再怎麼補救，都再補救不了……

今晚，我又再次感受不到你的存在；因為你總讓我，獨自一個的，坐在客廳；
而你，總走進書房中，去處理各種事務……

這幾天，你都不和我好好說話；
而你那些傷害我的話，雖然無聲，但卻一直穿透我內心，讓我久久不能忘記……

愛一個人，是很艱難的；而彼此能有融洽的相處，更是艱難……

生命中的每一個片段，我都希望，能與你快樂地度過；
然而，生活上，許多時，總有很多大小事情的磨折，讓人的心，生出很多疲累……

有時一些小事，大家都不會詳說，因為覺得只是小事；
也會以為，不快的心情，可透過數天的日子過去，就能慢慢消失；
但原來一點一滴的小事，慢慢累積起來，是會變成大事的了……

吵架本是小事，但在吵架中，你無意而帶傷害我的說話，卻讓我，留下不能磨滅的烙印；
也令我與你之間的情感，有了一道昏暗，總增加了我們情感上的張力……

或許我的傷心，是因為我在乎你；我也期待，你能對我有明白；
當你沒有明白我的時候，當我已經向你道歉，你也沒有甚麼反應時，其實，我是感到很難過……

說話的威力和殺傷力，有時的確很大；
我難過之餘，也常常警惕自己，要對你小心說話，因為，我也不想讓你受傷……

今晚，我再一次向你道歉，希望你能原諒我；
但是，我心裡的傷心，你卻不會知道；我也不知，可如何向你陳述……

或者，只要你清楚對我說，你其實是無意用說話傷害我，你其實心裡並非這樣想，你並非厭惡我；
你承諾以後，都不用這些說話傷害我；或許，我就會釋懷的了……

其實，你真的有後悔和我一起嗎？請告訴我，你沒有吧！

其實，你還是愛我的！還是，你只想我去愛你呢？

兩者有分別嗎？當然有……

如果你是愛我，你總會處處為我著想；
如果你是愛我，你凡事，總都會看顧著我的需要；
如果你是愛我，你也不會捨得，我為你天天而難過……

如果你只是想我去愛你，你會盡力討好我；
你會不經意地，表達你對我的喜歡；
但其實最終，你沒有太多關注我的感受……

其實，在一切的細節中，我好像只見到，你愛你自己更多；
你很多時，都只是顧著你自己的需要，多於顧及我……

從來人，總是希望得到別人的愛；也想獲得，自己喜歡之人的愛；
但真正要去付出愛時，真正要為對方作點犧牲時，就會退縮的了……

付出多一點點金錢，可以嗎？不可以。
付出多一點點時間，可以嗎？更不可以。
多一點體恤對方的感受嗎？常常都沒有。

愛一個人，從來就不容易；
愛，從來不是憑口中所說的幾句話話，就可以被驗證；
愛，從來是需要用行動，去作出實踐……

說話的威力很強；你可以用說話去愛我，像我們最初走在一起的時候嗎？
但同時，請你也不要再用說話去傷害我！
或許有時，你會在不經意地，在不太愛我的時候，在不太顧惜我的情況下，你會隨意地，將傷害我的話，說出來了……

你不願意忍耐一下，你口中想要說的話嗎？
你是知道說話的威力，還是不知道呢？

或是其實，你根本，就沒有很愛我？

如果你認真地愛我的話，有些說話，你應該不會說出口的；
如果你認真愛我的話，說錯了話後，你是會道歉的……

其實，當生命的氣息還在的時候，還請你能珍惜我！

我和你一起，都這麼多年了！我們的愛，似是親人的愛了！
親人的愛是珍貴的，因為從來愛親人，是一種習慣，是一份天性，也是一種切膚之愛……

至於愛著一位毫無血脈相親的人，其實這份愛，也很寶貴……

我既然和你毫無血脈之親，為何我仍然會愛著你呢？
為何我仍願意花上心思和意念，去為你設想呢？

其實沒有甚麼特別原因，只因為，我對你，是一份獨特的愛……

你知道嗎？有時我想，我愛你，其實已超越了我一切的私心，
克服了我心底中，很多的無奈與傷痕；
我將你，視為我親人一般的，深深地去愛著了；
所以，你對我所說的傷害說話，我真的很介意……

或許因著現實生活，因著繁忙的工作，你不是可以常常，都對我有好脾氣……

有時，於餐桌前，我們可以多討論和訴說彼此的感受；
有時，我們可以於睡前，多互相傾訴；不要再留我單獨地睡在客廳裡了！

從來沒有一種愛，是可以預計的；
或者，當今天我還愛著你的時候，還請你能珍惜我！
願你能夠珍惜，我們一切能夠見面和相聚的日子……

其實，你真的有後悔和我一起嗎？
請告訴我，你沒有吧！

當今天我還愛著你的時候，
還請你能珍惜我！

七月廿八日　暖

愛情最吸引人的地方，或許就是彼此是無緣無故；
我與你甚麼關係都不是，沒有血脈相親，並不是條件交換；
但我卻願意選擇，無條件地去愛著你，無條件地去關顧著你……

如果這是出於我的一份甘願，
我相信，這是一份真愛……

是的，戀愛也會有褪色的一天，
就是從某天起，你已經不再愛我，你也不再需要我的愛……

如果真的是這樣，願你早早告訴我……

現在這一刻，我的確打算，永遠愛著你；
縱使一直，你都沒有很顧惜我的感受……

我是很傻嗎？是的。
或者愛就是，需要許多的犧牲和忍耐吧！

17 —— 你是我一場最遙遠的夢

我不需像世俗那般，在愛中，計算著許多的事；
我不需計算，應該是愛你，或是不愛你；
我不需計算，怎麼才能讓你愛我這些技倆……

這一切，都讓人太累了！
人與人之間的計算，從來都是惟物的；
計著計著，其實，就再沒有甚麼意義了……

愛著一個人，或者有時，是打算有所犧牲的；
愛著一個人，就是打算，有些事，有些情，並不會對等；
愛著一個人，就是打算，心裡會有著難過；
愛著一個人，就算最後，會是我一個人的落寞，我也不介意……

或者，愛是一種惟心的活動；有時，或許是有點自虐……

然而，有時愛著一個人，的確是很難理解的一件事；
也是一種，很難被明白的心情……

或許，從我認識你的第一刻開始，我已經喜歡你；
今晚，我又再次想起你……

我想著你的時候，眼眶就濕了；
我掛念著你的時候，眼淚就流下來了……

我不能與你說甚麼，去讓你明白我；
因為這只是一份，很獨特的個人感受；
你明白也好，你不明白也好，我對你的愛，的確，是存在於我心底裡；
這是一份最真實的愛與感覺……

你知道嗎？我們一起這麼多年，你似乎是知道我的愛；
但有時，你卻似乎並不知道；或是，你是假裝不去知道……

你今天，過得好嗎？你近來的生活，還是很忙嗎？

處在不同的城市裡，總有不同的步伐；
我明白的，我也知道……

從來人生，都不一定有很多的選擇；你選擇離去，是的，總有你的原因……

記得那天你說：「我要走了，我要離開香港了……」
我驚訝地問：「你到那裡去？」
你說：「男兒志在四方，我想出外闖闖……」

然後，大家沉默了很久；然後，我哭了……

你也紅著眼睛說：「給我三年時間，你等我……」
就這樣，我等著了你，一年又一年……

其實一直，你都沒有給我明確的承諾；
而我，也不懂得向你完全及坦白地表達，我對你的愛……

我知道，我是愛你的；我相信你也知道，我是愛你的……

今天，你在彼岸海邊，你會停一停，想一想我嗎？
或者，你在聽海的日子裡，你又會想起我嗎？

你在握著一小杯咖啡時，又會想起誰呢？你會想起我嗎？
你會想起我們昔日，一起喝著咖啡的日子嗎？

在微風吹拂中，在盛載海浪聲的岸邊，浪濤正拍打著；
在浪花一點一滴濺碎以下，我想說，我總有想起你……

其實，人生的時日與機會，從來不太多；
能夠與你一起走過的一段日子，我總覺得，這是一份獨特的恩典與幸福；
能夠與你度過一次又一次難忘的經歷，我亦覺得，這是一次深深的緣分……

人生總有起伏；我今天還好，明天也可敗落；
在墜落中，我總見到了你；你是我觸手可及的一片盼望；

你對我而言，亦是一場突然而來的感恩……

只要我能夠凝望著你，我就感到安穩與滿足；
我就會告訴自己，你快樂，我就快樂……

或許，一切的夢，我都要醒了！
或許，你只是我一場最遙遠的夢罷了！
在我觸手不及之處，你就在那裡！
同時，你亦在我夢中，悄然地消失掉了……

一年又一年的過去，你的訊息，也越來越少了；
你總是說：「我很忙，但我在為我們的未來而努力……」

你初到英國時，我倆還有視訊聊天，往後，就已改為簡單的文字訊息聯繫了；
漸漸，你連訊息，也沒有很多；你也從來，沒有回來香港找我……

或許，遠距離的愛，很難會是一份，持久的愛……

你不理睬我的時候，的確，我是不快樂；
當我等了再等，你總也是杳無音訊的時候，我是更不快樂……
但是，當我在心裡想著你的時候，其實，我還是感到喜悅；

為甚麼呢？這是一種無知的思念嗎？這只是一種愚昧的矛盾嗎？
人是擁有情感的生物；當人的情感被觸動以後，總是一發不可收拾的……

愛，是一種動作；
愛，亦是一種持之以恆的心靈活動；
當我愛著了你，我總感到，縱使在失望中，我還是含著微笑……

耶穌說：「你們在世有苦難，但你們可以放心，我已經勝過世界……」

是的，耶穌從未保證，在世上，一定有快樂；
但祂卻保證，在我不快樂的時候，祂總會陪伴著我；
祂能明白我情感上的缺憾和需要，因為，神自己也曾被人，狠狠的拋棄和殺害過……
當然，感情是兩個人的事，我獨個兒，從來就不能控制甚麼；
你愛我還是不愛我，我總不能掌握和操控……

但是，當我流著淚，當我在心裡想著你，當我在默念著你名字的時候，你知道嗎？
我還是覺得，心裡有著一陣快樂……

是的，今天，你發了一個訊息給我；
你說：「不要再等我了！我不會回來的了！」

我回覆說：「我過來英國找你，好嗎？」
你說：「現實一點吧！你有父母要照顧，你怎能離開他們呢？」
是的，我知道！是的，你也知道！
就這樣，你是要離開我了！
但是，我的愛，還沒有離開你……

愛著了，就是愛著了……

愛，從來就沒有甚麼對或錯；
愛，是一場最真實的心靈活動，觸發著內心，一份最真摯的感動……
我記得，我們曾經停留在馬路中；
你一直都沒有離去，因為，我相信，你也在留戀著，一種只屬於我們彼此的感覺；
你也有很多話，想和我說……

其實，我也有很多說話，想告訴你；不過話到嘴邊，我就收回了；
我想說：「我可以不顧一切的，放棄所有，與你走在一起……」
那時，我的手在顫動，我的心也在翻騰；
當我甚麼都沒有說，離開馬路中央以後，我就後悔了……

我忍著的淚水，終於在這時，流下來了……

我知道，我和你，是沒有結果的；
我和你，只是一場，擦身而過的美麗；
但是，在我心中，我卻無法忘記你；
在我心中，還是深深的愛著你……

其實，你會知道，我在想著你嗎？
其實，你會知道，我一直都在等著你，一年又一年嗎？
其實，在我心中的每一份愛，每一份感動，每一份心靈的躍動，是否，你都知曉？
其實愛，是否不應受地域所限？

我對你每一次的思念，縱然你處在遠方，其實，你是感受到的吧！
你可以告訴我，你內心的說話嗎？

或者，你真的不懂我的心意？
或是，你現在，人生已經有新的發展？
或是，你現在，在彼岸，已經有新的對象了？

其實你訊息的稀少，是因為，你已經不再愛我嗎？

記得有一次，你傳訊息給我；你說：「其實我們，並不太適合……」

這世上，從來沒有人與人之間適合和不適合；
如果你喜歡我，我無論做甚麼事，是怎樣的為人，你都會覺得適合；
如果你厭惡我，無論我做多正確的事，你還是覺得我有錯，你還是覺得我不適合你……

或者，當你喜歡我的時候，我問候你，我與你聯絡，你會覺得，我是在關心你；
但當你不再喜歡我時，我的每一句問候，對你來說，就是壓力，都是一種打擾吧！

愛的流逝，從來，只是一份無聲無息的徒然；
我連一句歎息，對你來說，都是多餘的吧！

是這樣嗎？以至今天，你離開了！你要徹底地離開我了！
慢慢地，你連一點音訊，一句問候，都再也沒有了……

其實，我真的要如此錯過你嗎？
為何，你要這樣，消失於人海之中，讓我不斷地難過呢？

一切的悲傷，其實，淚水仍然是洗滌不了的；
因為，你知道嗎？在我心中，還是很愛你……

真的，這些日子，我不能再接觸你了；
我也再沒有你任何的消息；我再也不能知道，你今日的狀況……

我總想念著你，我總記掛著你；其實，我更是在擔心著你；
你知道嗎？你生活的安好，比我自己生活的安好，更為重要……

就是因為我不能了解，更不能知道你現在的生活，以致，我真的感到很憂慮，很傷心；
這種記掛和擔心，像是一塊大石頭，總擱在我心裡……

其實，你還好嗎？
只要我知道你安好，我就不會再打擾你了！

我最愛的，就只是你；
就算你不愛我，我也是選擇，去繼續愛著你……

是的，要保護自己的時候，我總告訴自己，我應要停止去愛你；
我應要學習，去忘記你……

但從來，我只有學習的過程，但卻總沒有任何學習的成果……

在寂靜晚霞光線的圍繞下，在虛浮燈影的依稀裡，
你知道嗎？我還是如此深深的，愛著了你……

請你，不要如此的離開我！

是的，我知道，如果在乎一個人，我會用盡所有方法，去了解他，去聯絡他，去愛他；而不會，只將他，放在一旁……

愛裡，從來就沒有懼怕；有懼怕的，只因為，愛一個人不夠罷了！

又或者，從來，人只會選擇，在乎自己的感受更多吧！我是害怕輸的，我是害怕一切，你不愛我的結果……

我用盡了所有方法去尋找你，我用盡了所有力氣去愛你，只因為，我真的在乎你……

而你呢？

有時我想，人是否總是犯賤的？我愛著你的時候，你總不愛我；或者當我離開你以後，你就會來尋找我吧！

這一切，都是建基於人心的隨便；人，總是輕看別人的愛……

這一個月，我沒有再給你訊息了；有一天，你突然來找我；你說：「你近來好嗎？交了新男朋友嗎？」

真的，當我愛著你的時候，你會以為，我就一直無條件地愛你下去嗎？

當我愛著你的時候，你會以為，我的傷心，真是無底的嗎？

我對你的好，你從來就毫不珍惜！

或許當有一天，我突然驚醒以後，我痛定思痛以後，我心裡的難過，過了頭的時候；在我不再愛你的時候，請你也不要後悔！

女生不愛一個人的時候，真是很決絕的；
當我不再愛一個人的時候，真的會是頭也不回，不再愛的了……

我回覆你說：「其實我還很愛你；如果你願意回來，我們再走在一起；但如果你選擇離去，我也會努力，把你忘記……」

最後，你都沒有再回覆我了……

是的，你只是我一場最遙遠的夢，我等了你一年又一年；
人生，我還有幾多個一年又一年呢？
或許，我是時候，要夢醒了……

十一月八日　密雲

你是否忘記了，我思念你的難過？
是否，你也是無可奈何的逃避著我？
又或是，你想讓我難過，好去證明我對你的愛？
你想讓我，對你持久和不斷的思念，好讓我不去忘記你？

你知道嗎？人的心，藏著感情不去表達，
其實，內心實在是很痛苦，很難受的；
我和你彼此不能見面，不能表達，更是痛上加痛……

是否我們彼此，都要這樣互相折磨呢？
其實，你是知道，我在愛著你嗎？
你是知道，我一直都在等著你嗎？

你願意閉上眼睛，接受我的一個擁抱嗎？
讓我的體溫，都能傳給你嗎？
當中生命裡愛的流向，你能感受到嗎？
你能夠聆聽我的呼吸聲嗎？

或者，你的心跳聲，我是再也聽不到；
但是，我還是很想繼續，擁抱著你……

在這深夜的空間中，你能夠觸摸我的內心嗎？我也能夠繼續去愛你嗎？

又或是，在沒有人的一個晚上，
我能夠擁有的，不再是一份永久的陪伴，
而只是，一份悠然遠去的記憶……

每一個街景，每一個影象，都是如此的讓我難忘；
或許，某些街角中的場景，只有我和你，才能明白當中的含蘊……

香港有一種交通工具，叫作輕鐵；
當乘坐著時，外望緩緩的街景轉動，總讓我呼吸著，一種想念你的空氣……

曾經，我在街上不斷的留連，你知道嗎？
我為的只是，想在心靈中，能更多靠近你……

會嗎？會有這麼的一天嗎？
我可以親口對你說一句：「我愛你！」
無論結果如何，這都是我的一份心願……

就算輸了，我也甘心；
因為，我真的愛過了你；
其他一切的擔憂、思慮，都不再重要了……

會嗎？我們會有再遇的一天嗎？
我有機會，親口對你說出心底話嗎？

十一月十二日　冷

曾經我這樣想，這世上，有著你，就會有著我；
又或是，有我在的時候，我總會關愛著你……

但原來，這只是我的個人願望；
這亦只是，屬於我自己一份短暫的渴想……

原來，這亦只是一場，我期待中的幻象；
在從來沒有兌現過的一場空氣交集中，
最後我和你，在分開以後，原來，是不能再見……

深秋了，我覺得有點冷，
但縱使分開，我還是沒有忘記你，
因為在秋天，我曾經遇見了你……

你仍然是如此的，停留在我心間；
但正因如此，卻加添了我心裡的冷，
亦加劇著，我心靈內的痛……

18 —— 前任

可以寫一封信給我嗎？
可以寫一封信告訴我，你心裡的想法嗎？

或者，信，我已經寫了很多封給你了……

是的，我曾經深深地愛過了你；
我們交往四年，準備結婚；我們也告知了雙方父母，大家也受著祝福……

但不知為何，我在結婚的前一刻，我對你，突然沒有了愛意；
我不知為何，會有這種感覺……

其實，每一次我寫信給你，我都會覺得，很難過；因為，你總是沒有任何回覆……

每次我寫信給你，你知道嗎？
我不知用上了多少的心力與氣力，才可以，下筆完成每一封信……

表達內心的難處，從來都不是一種很容易的心境；
不能表達的心情和困苦，藏在心中，也是很難受……

或許，因為在籌備婚禮的大小事務中，我總見到你緊張的情緒；
你每天的神情都很繃緊，特別是對婚禮中的每一項細節，你都著緊非常……
我開始感到很有壓力；我想，在這短短籌備婚禮的日子中，我已覺得很辛苦；
我不知道在往後的日子，我們還能如何，一起走下去……

我還是很愛你，所以，我願意嘗試，將我內心的感受，慢慢地去告知與你；
其實，我是不想失去你……

你知道嗎？我每一次心情的記錄，我每一次寫信給你，其實，我都希望，你能明白我心底裡，對
你的真正想法；
我總記錄著，自己一些面對著你時緊張的心情；
我希望能夠透過文字，大家可以解決彼此間的隔膜；
我在尋求你回覆的願望下，我繼續著，慢慢去寫出自己對你的感受……
我寫著：「其實，有些婚禮的細節，不用這樣緊張；一組結婚照片，簡單隨意就可以了；
可以去郊外拍攝，可以在海邊拍攝，不一定要請最專業的人，不一定要在影棚，花費高昂……」
但是，你卻不喜悅；
你說：「拍攝婚照一定要很認真，一生人只有一次……」
你也說：「不用再寫信給我了！我明白的，但是請你也尊重我……」

你用了很多時間，去比較影棚的價錢；你用了很多時間，去選擇攝影師；
但你卻不明白，一組婚照，主角，其實只是我與你⋯⋯

我寫著寫著我的感受，但原來，你是不會為我而去改變的⋯⋯

又有一次，大家在預備婚禮的細節時，我說：「最近我比較忙，不如一切禮儀，都從簡吧！」

但你說：「一定要好好處理各種細節，否則在婚禮當天，一切都會運作不順⋯⋯」

我說：「最近我身體不太舒服，一切從簡吧！我真的支持不了！」

但你說：「忍耐一下吧！很快就會完成所有程序，我們都快要結婚了⋯⋯」

其實，結婚只是我們兩個人的事，為甚麼婚禮，要辦得這麼仔細？

原來，從來都只有我自己知道，我自己身體的疲累；
一直，只是我對著你說話；而你，卻總有你自己的想法⋯⋯

我真的不知道，婚後，還有幾多細碎的事要處理；我真的覺得很累了！

我要說的話，都已經說了；
我惟一可以做的，就是繼續寫信告訴你，我的感受⋯⋯

但不知為何，我對你的感覺，越來越不是味兒；
不單是因為婚禮的細節，讓我疲累；而是你完全對我的感受，置之不顧；
你對我身體的疲倦，亦視而不見⋯⋯

我開始心淡了⋯⋯

你知道嗎？我寫給你的每一封信，我都認真地寫著；我一直的寫，在夜深中，我也繼續寫著；
其實，我是想挽回，我們之間的關係；這也是我對你，一種深情的表達吧！

有一次，你這樣回覆了我：
「不要再浪費精神去寫信了！不如將時間，用在生活的細節上，好嗎？」

原來有些原始的性格，有些彼此之間的分歧，要去改變，是非常困難的；
原來，要調節彼此的願望，不只用說話溝通不了，就算我寫下來，你讀了，你還是不能明白⋯⋯

這世上有很多事情，最後，還是不能改變⋯⋯

是的，不如讓我們，只做回朋友吧！
我發覺，我真的不能，再和你這樣走下去⋯⋯

是的，我是對不起你⋯⋯

不知為何，很快地，我就遇上了他；
他總讓我，覺得兩人的相處，是很舒服的一件事……

很多事情，他都不太緊張；
或者我本身，也是一個，對生活節奏慢一點，簡單一點的人；
我和他，的確很合拍……

其實，我知道你是一個仔細和急性子的人，
不過一直，我都對你有所遷就；但你卻從來，不對我有所理解……

而你，現在總還常常來尋找我；你問道：「大家可以做回朋友嗎？」
我覺得，其實，真的沒有這個必要……

或許我覺得，是我負了你，我好像傷害了你；
你相約我出來，我也願意出來數次，陪一陪你……

或者說清楚一點，我和你，其實，還可以再談甚麼呢？
談我的新男友嗎？的確，他對我很好。

我只可以說，我每次再見到你，我的心情，又再緊張起來；
我知道，你是一個很謹慎自守的人，你對每事每物，要求都很高；

從前，我總要按著你的意思，完成這樣，完成那樣；
在過去我和你的每一個日子，你都希望，我做到最好……

在我們曾經的關係中，你對每星期，甚或是每一天的生活，都安排妥當；
特別在我們結婚前夕，每一天，我們都有緊密的行程……

我將我的感受，都告知與你；
我也曾經用文字去表達，但是最後，你總不願去明白……

現在我和他，不是最深入的相知；或許，我們連未來的計畫都沒有；
我只是感到很舒服的，和他走在一起；
或者，他讓我有了一個，很安舒和放鬆的感覺……

我從來沒有告訴他，我和你還有相約出來見面；
雖然，我相信他，也不會太介意；但我也不想傷害他的感覺；
其實我和你，再相約出來，還有甚麼可以再談呢？

或許這段時間，你沒有新的伴侶，你還是想和我做做朋友吧！
你希望，我能填補一點你心靈上的空虛吧！
往後，當你有新伴侶時，我相信，你就會忘記我的了……

昨天，我們吃飯的時候，你問道：「你最近好嗎？」
我說：「都不錯。」我見你面色一沉。

或者你想聽到，我和他過得不愉快，你就高興了？

你又詢問我的近況，我也簡單的向你交代；
跟著，我們已經，再沒有甚麼話題了……

其實，我們真的不要勉強，再做回甚麼朋友吧！
大家可以，有各自重新的生活嗎？
我知道，你是想關心我；但是，你應該脫離關心我這個位置了……
或者，我也不想你再對我，有任何的幻想和希冀；
因為，我們真的不適合！

我其實，並不太想再出來見你，因為每次見面，我都再次，感受到過往我們走在一起的壓力……

但我知道，你心情很差，我真不忍心，不去見你；
每次，你都苦苦相邀相約；我想，與你今次話別，就完了……

怎知，每次在我立下這個決定後，卻又會再見你；
跟著在這半年裡，你也不斷的要求見我；
或者，我是時候，需要對你狠下決心！

請你給我一個空間去安靜吧！

請你給我一個歇息的位置，可以嗎？
我是真的，想和他好好發展……

一切，我已經和你，說得很清楚了！

或者，與前任做回朋友，從來只是一個幻想；
因為，在你關心著我的時候，我已經再沒有任何感覺；
我反而承受著，一種巨大的壓力；
而你，也不見得，是我再想去了解和溝通的對象……

所謂發乎情，止乎禮，是儒家的一種想法；
儒家希望能以禮，去約束人的情慾……

今天，我究竟需要用甚麼樣的禮，去約束，怎麼樣的情？

往昔，當人的情感濃烈地發生時，人，往往真的不能自控；
所以，有時用一點點的禮，去約束自身的行為，或許都是需要的；
我和你，是否真的，不應再見面了？

真的，很抱歉！
我不是不想關心你，我不是不想和你做回朋友，
但是，真的，我們不可能，再繼續這樣下去……

其實，感情褪色了，又怎能夠，再被挽回呢？

今晚，你問：「我們真是最後一次出來見面嗎？」
你突然哭著對我說：「我們再重新開始，好嗎？」

或者我從來，都是惟心出發的；我見到你的眼淚，我心裡，也覺得很難過；
我有愛過你嗎？我是有的。
我現在還愛你嗎？其實，還是有一點點的……

但是，我知道，我要好好控制著自己這份對你的憐憫之情，好好地守著應有的禮，否則最後，
大家都會受到傷害；
因為我知道，我們根本，就不適合對方……

我們的感情，當中欠缺了甚麼？
是的，就是欠缺了一份，你對我的體諒和關懷；
就是欠缺了一份，你一直不肯為我去改變的心……

情感是雙向的，我單方面的遷就，並沒有用……

你將你這份愛，用在其他人的身上吧！
我想，到如今，我和你，要止乎禮了！

其實，我一直，都有愛著你；
當有一天，我發覺，我對你的感情，要止乎禮的時候，或許只是因為，我曾經愛過了你！

今天我和你一切的見面，都要停止了；
或許我們，連朋友都不能再做了！

雖然，你的眼淚讓我很難過，
但是我知道，能夠和前任做回朋友，只是一個幻想；
憐憫著前任，其實只會，加添著彼此的傷痕……

今天，我也知道，發乎情，就要止乎禮；
我知道，其實在我心中，你曾經是如此的不可或缺；
我也不想自己再對你，再有甚麼情感的瓜葛了！

其實，我是想用禮，去好好保護著，我曾經愛過的你；
我不想讓任何傷害，無論是外在的，或內在的，去傷害你；
我亦希望，能夠透過我們的離別，可以好好去保護你……

在對的時間，遇上錯的人，從來注定，一切都是沒有結果的；
然而，在我心底，我仍然不會忘記你……

而我曾經讓你受過的傷害，真的對不起！
也請你，都放下我吧！
請你，也不要再找我了，再見……

與前任做回朋友，
從來，都只是一個幻想……
請你放下我吧！
請你，也不要再找我了……

九月廿二日　多雲

曾經，我愛著了你；
曾經，我很努力地，去愛著你……

就這樣，我發覺，
我已經不枉此生了……

或者，你明白我，還是你不明白我，
這個，並不是我可以去控制……

你願意為我而改變，或不去改變，
這個，我也不能逆轉……

既然是這樣，我付出了愛，
我算是無憾、無悔、無怨了……

我不知道，我對你的愛，是否適合；
但我自問，我已經盡力，做到最好了……

請不要責備我了！
你知道嗎？我為著你，換來我自己，多大的悲傷……

九月廿四日　陰

或者其實，你並沒有很愛我；
或者其實，你對我，只是一些深層的喜歡吧！

你見到我的好，
你見到我的真情，
你見到我外在的優秀；
你見到的，都是一些你需要的東西吧！
或許，你對我，只是一份喜歡罷了！

但愛呢？
大家要一起往前走，其實，是很困難的……

或許從來，你總見不到我的軟弱與深沉；
你也見不到，我的不濟與底蘊；
當見到了，你還會愛我嗎？

其實，你沒有真的很愛我；
你總沒有，為我改變多一點點……

縱使我說著，我寫著，你也不去明白……

其實，你只是喜歡，我愛你罷了！

19 —— 曾經，你是惟一明白我的人

其實彼此相愛，究竟是甚麼的一回事呢？
相愛，是人與人之間，錯綜複雜的一次生命交遇嗎？

其實，人與人的交往，總有很多的衝突和難處；
而在衝突以後，能否認真去解決問題，繼而改善關係，才是交往的最重點；
如果這時候，一方選擇退場的話，關係，就會完結了……

其實有時，不單是關係的完結，還有的，是憎恨，會在心裡增生……

我想說，人與人的關係，會有兩種：
一是一起同心，有繼續一起走下去的決心；雖然偶有磨擦，但彼此總願意，慢慢地去解決問題；
另一種，就是大家有不滿對方時，其中一方，就選擇退場……

其實留下來的一方，心裡，總會帶著傷痕，久久不能消退；
在每段關係中，每一個人，其實都付出很多的情感和努力；
斷絕關係，從來對我來說，就是一種莫大的傷害……

昨天，你說：「我想選擇退出了！」
你說：「我還會記著，你對我所付出過的關心與關愛……」

你說：「我還會記著，你曾經對我的噓寒問暖……」
你說：「我接受不了你對我太多的關懷與愛；你的愛太多了！太繁瑣了！」
你說：「你的愛，讓我滿有壓迫感！你並沒有給我，適切的個人空間……」
你說：「大家先分開一下吧！」

其實很多事，大家不是可以彼此傾談的嗎？
很多事，大家不是可以一起面對和解決的嗎？
你見到我的眼淚，但你仍然說：「大家先分開一下吧！」

就這樣，我們分開半年了；
你完全沒有給予任何機會，讓我們坐下來協調……

其實這麼小的問題，就要關係斷裂了嗎？
我的原意，是愛你的；或許只是在愛裡，我有了一些偏差；
我愛你的方式，並不是你想要的模式罷了！

你就要這樣，傷害我嗎？
大家為何不可以，好好地溝通與磨合呢？
或者每次，最後受傷的人，又是我！

每次在感情的關係上，我付出了，最後卻是，甚麼都沒有了！
你只會說：「你付出太多，對我太有壓迫感！你給我過多電話，過多的問候與追蹤……」
你說：「你對我，有過多的追問，總想要知道，我心裡的想法……」

你說：「你的追問，讓我，完全透不過氣……」
我付出的少，你又說我對你關懷不足；
我付出的多，你又說我對你造成壓迫感……

相處，真是這麼困難的嗎？

最讓我難過的，不是你對我的投訴和批評；
最讓我最難過的，是你連讓我們彼此溝通，讓我去改善的機會，也沒有給予；
其實，你是不愛我嗎？
一切溝通問題，其實都只是藉口吧！

今天，我走到一間，從前我們常常坐下來交談的咖啡店；
我想著曾經的我與你；我們總愛在這裡，討論很多大小不同的事；
我會細細詢問你的感受，而你總會看著我的眼睛，仔細地回答……

那時候，你總會鉅細無遺地，將你心底裡的想法，思維過程，完全地告知我；
然後，我也會對你，作詳細的意見表達；
你總是很專注的，細聽著我的話……

我知道，你是世上，惟一明白我的人；
我也知道，我總被你需要著……

但原來往日甜蜜的回憶，卻成了你今天放棄我的藉口……

其實，你不愛我，就不愛了！
為何要找這麼多的藉口呢？
為何要堆砌我這麼多的罪行呢？

我站在咖啡店門前，很想進去，但又害怕會觸景傷情；
我停在咖啡店門口，只懂得，慢慢的讓眼淚，流落下來……

其實，人生有幾多的痛楚，是不能隨便對人說；
其實，人生又有幾多的困苦，不能隨便可以對人明言；
其實，人生又有幾多的挫敗，只有自己明白，只有自己知道……

有時候，想找一個人說話，都並不容易；找到了，這人又會離我而去……

其實，當全世界都不在乎我的時候，你還會在乎我嗎？
當所有人都不能明白我的時候，你還能明白我嗎？
當所有人都不再了解我的時候，你還會願意，去了解我嗎？

我知道，曾經，你會的；
我知道，曾經，你是惟一能夠明白我的人；
所以，我一直的，愛著了你……

人與人之間，總渴望對方，能夠做到百分百美好；
對方能夠明白我的需要，對方能夠知道我的想法；
對方能夠領會我的感受，對方能夠體恤我的軟弱……

但我知道，對人有太多的期望，最後只會換來，百分百的失望……

或許以後，我要將對人的期許，降至很低；
就算那個，是我很愛的人……

或許，在一個我愛的人身上，我對他，應只有百分之五十的期待，就夠了；
因為，他不是我，他總不會明白，我心中最深層次的需要；
有時，或許連我自己，也不太了解自己；
或者，我只能透過點點的說話，去表達我內在的一些心思意念；
我只能透過一點一滴的文字，去表達深藏於我心裡面，種種的情緒……

不過，在你不再愛我時，我這些表達，你都覺得是煩擾了；
我將我內在的真情去告訴你，你都覺得我說話太多了！

我相信，在人生中，真正的幸福感，並不是要找一個能完全明白我的人；
而是能夠找到一位，願意傾聽我的人，就已經足夠了……

我一直以為，我找到了你，是對的人；但是，你還是放棄了我……

或許真正能夠明白我的，就只有我的神；
只有神，能夠了解我的獨特；
只有神，能夠完全明白我真正的需要……

至於我所愛的人，能夠理解我一半的想法，能夠明瞭我一半的心靈所需，就已經很難能可貴，就已經非常難尋；
尋到了，實在值得感恩……

我是降低對愛和被了解的要求嗎？
並不是，我只是，願意去面對現實罷了！

有時，或許能夠面對現實，才可以尋回，人生中，多一點的快樂吧！
這世上，或許只有神，才能深知我的一切，並且無論如何，都愛我……

人，只能夠明白我大部分的情緒和執著；
人，只是在努力地愛著我，但卻可能，又有不愛我的一天……
當你不想愛我的時候，當你不再想理解我的時候，就找很多藉口離去了……
而我自己呢？在你選擇要分開的時候，其實，我還是很想去作挽回；
我還是想每天，盡力地去愛著你……

但當失望、落寞、距離感、被拒絕等等一同來襲時，我也不能保證，我會願意，繼續愛你下去……

這是人性，這不是軟弱；
請在我還愛你的時候，願你珍惜我；
請在我還愛你的時候，願你與我好好溝通；
或者，我已經將許多對你的要求，都降得很低了！

不要讓我持續感受被離棄！
人與人之間，也不可能長期去分開冷靜的；
否則當人的軟弱，勝過愛人的能力時，一切，都將挽回不了……

今天，你突然出現，
你對我說：「我們都分開半年了；
這半年裡，我知道我是傷害了你，我是讓你傷心了！」
你說：「你一切的分享，你對我的愛，其實都是好的；
但只是，真的，我不太適合你！對不起……」

是的，我知道了！今次，我們不是分開一下了，而是真正的分開了！
是的，曾經最明白我的人，今天，又如何呢？

人生，從來就沒有真正的彼此明白；
人生，從來就沒有真正永久的相愛；
人生，從來就只有一種被動式的愛，我從來可以做的，就是多愛自己了……

十二月廿八日　冷

誰人不想被了解？誰人不想被愛？

但你，總是選擇離開我；

我厚厚地付出愛，最後，你還是默然無聲地，走了……

或許這世上，惟獨主，總不撇下我，總不離棄我……

或者我這樣想，我的失落，我的難過，

只因為，我是如此的，愛過了你……

曾經，我擁有著你；

但今天，你已離去，你已消失於人海……

或許有些人，一生中，也未必能經歷一次戀愛，

也未必能體會，一次心靈震撼的感覺；

或許只有在心中，曾深深經歷甜蜜和痛楚，

我才知道，甚麼叫作愛……

你離開以後，我感受到一份徹底的落寞；

一滴又一滴的眼淚以後，我就知道，

我曾經是如此的，經歷了愛……

而這份愛，是不息的；
因為我實在，真心愛過了你；
我可不會後悔⋯⋯

我現在的難過，我現今的苦楚，都告訴了我，
我實在，還是很愛你⋯⋯

十二月卅日　冷

寂靜徘徊的時候，
我心中，總是想著你的笑臉……

是的，你在我心中，永遠都是最俊俏的；
在輕風徐來的晚上，你其實，真的不再愛我嗎？

是否，在生命的行程表中，
你與我曾經的觸動，
對你來說，都只是一種可有可無的虛偽？

走過以後，我們的關係，就消失滅沒了？

我可以再次觸及自己的惟一方法，
就是，我要將你輕輕的放下……

我要放下，一份怎麼樣的感覺？
我要放下，一份怎麼樣的感情？

其實，你有看重我的感受嗎？
在每一個充滿疑問的夜空中，在迷失的盡頭之處，
我只是，重覆著，被重視，以及被明白的奢望與渴想罷了！

在反覆思量當中，
當我仍在愛著你的時候，
其實，你還有在乎我嗎？

20 —— 心靈出軌

我們一起，很多年了；
是的，一直你提供著，優質的生活給我；
是的，一直在物質上，你都給我很好的照顧；
你比我大上很多，你總給我很多的指導……

但漸漸地，你變得權威，你變得很有控制慾，你所說的話，我一定要聽；
你說的話總是對，我不可以說錯……

我還想維持著，我和你彼此的關係嗎？
想的，因為我還是愛你，我還是尊敬你；
另外，我也需要你提供給我的，物質生活……

是的，從今年開始，我沒有太愛你了；
甚至是，我開始有心靈上的出軌了……

你知道嗎？女生不需要肉身上的出軌，我只要心靈上出軌，就可以了……

甚麼叫心靈上的出軌呢？
就是，其實我內心，喜歡上另一個人；但是，我仍然選擇，與你走在一起……

因為我知道，我喜歡他，是沒有可能，也沒有結果的事；
但是，我確實喜歡他……

我喜歡他，或許只是一些心靈上的行為；而我，並沒有打算離開你；
我也沒有打算，與他走在一起；因為，他提供不了，如你所提供給我的物質生活……

或許你會問，為甚麼要這樣做呢？心靈出軌，都是出軌；
是否，我實在太差了？

我只想說，我還是愛你的，但很多時候，我很希望，愛是浪漫的；
或者在不經意中，在日子的流逝下，在現實的每一段消磨裡，都讓我覺得，我和你之間的感情生活，實在很沉悶，很乏味；
有時我會覺得，我和你的連結，只是一份物質上的需要，一份金錢上的瓜葛；
有時我甚至覺得，心靈上，很失落……

與你在一起，大家常常有太多的磨蝕，有很多的衝突；或許現實的相處，就是這樣；
我許多時，內心都覺得很疲累……

我本來並沒有出軌的心，我只是想在心靈上，尋求多一點點的快感；
有時在網上，我與人閒談著，在虛擬的境況中，我好像被寵愛著；
有時我和男同事，有多一點的傾談和單獨相聚；

原來這樣，都會給我，一陣子的快感與喜樂……

我的心，其實真的沒有打算離開你；
你仍然是我生命中，最重要的夥伴；
你仍然是，我惟一的正選……

或者，我是不能離開你的；
因為生活的枷鎖與壓力，亦不容我離開你吧！

而我這般心靈的出軌，是犯罪嗎？
有時，我也不知道……
可能是吧！

最終我會離開你嗎？
不會的，因為，我一直也不打算這樣做；我還需要倚靠著你……

但可能有一天，我真的會沉淪，我會連肉身也出軌，我更會離開你；
這個，我也說不準……

其實，心靈出軌，就是肉體出軌的前奏嗎？
我告訴你，並不是。
我真的只是想心靈出軌，並不想在肉身上，有任何越軌的行為……

其實，如果只是單單肉身出軌，沒有心靈中的愛，一切反而沒有很嚴重；
因為我根本，沒有將他放在我心上；
但如果我心靈出軌，才更危險；因為心靈上的出軌，我是將那人，放在我心裡……

男生肉體出軌後，才到心靈出軌；
女生應是心靈出軌後，才到肉體出軌；
如果我只單單有肉身出軌，沒有心靈出軌，你反而不用害怕；
但如果我真是心靈出軌，其實，也請你能更多珍惜我！

從來關係，都需要互相去珍惜；
你不珍惜，你不努力，而別人卻在努力與我認識和交往，我真的會不能自控……

你可能會覺得，我是想將出軌的責任，都推卸給你嗎？
你可能會覺得，是我對情感不負責在先，現在卻居然，在訴說你的不對！

其實你知道嗎？大家每天都在改變；
很多事情，隨著年日的洗禮，有時，我也真的不能，再對你有甚麼承諾了……

我不是不想愛你，而是我一直覺得，你根本就不很愛我……

我不是多心，我也不是貪愛；
在你沒有很愛我的日子中，或許我惟一可以做的，就是心靈上的出軌；

我惟有靠這方法，可以去尋索多一點，得到多一點，我所需要的愛……

我不是想為自己辯護甚麼；是的，我的確有錯；
我的確，是在與你一起的時候，想念著他；
我的確，是在與你生活著的時候，記掛著他；
但是，我這份對他的愛，我這份對他的記掛，只是給我自己生命中，一點點愛的滋潤罷了！

我對他心靈上的愛，只是給了我自己，多一點生存下去的盼望和動力罷了！
因為我真的知道，你已經，不太愛我了……

我不是想指斥甚麼，但你知道嗎？
在我很多孤獨淒迷的日子中，我曾經盡力和你解釋，我心中的落寞和難過；但是，你總像一點都聽不到似的……

有時你可以出差一個月，都沒有回來一次；中間，又沒有很多電話或訊息；
我常常一個人在家坐著，常常一個人吃飯，一個人左思右想；
其實，我一個人的時候，真的感到很寂寞……

或者，請你聽我說，我現在最愛的人，仍然是你；
我還是選擇，不離開你；
我仍然選擇，待在一個不太愛我的人身旁；
其實我愛他，只是想在生命中，單單的，尋求多一份，已經失落了許久的愛……

心靈出軌，你知道嗎？其實，我只是得到，一份迷離和虛空的愛；
我知道這份愛，很快就沒有的了！
在這些虛空的情愛中，其實我也只感到，一種空洞和不踏實感罷了！

你會知道嗎？
我最想要的，我最想得到的，只是最原先，你曾經對我的那一份愛……
是的，我一直以為，你是無可代替的；
但原來有一天，我發覺，愛，是可以被替代的……

我會以為，沒有你，我會沒有快樂；
但有一天，我發現，原來有他，也可以讓我很快樂……

今天，他對我微笑著；我回望他一下，心裡是一陣蕩漾……

這是心靈出軌嗎？是的。
因為你不愛我，我也想尋找愛的感覺和快樂……

今天，他又再相約我外出。
見面時，他問道：「你有男朋友的嗎？」
我想了一想，我說：「並沒有。」

是的，我是說謊話了，我其實有你；
但是，我好像又沒有說謊，因為其實，你沒有很愛我……

我們現在的狀態，只是彼此走在一起，但是，我卻感受不到你的愛……

不是我離棄了你，而是你選擇，在無聲無息中，常常不去理會我；
你在沒有理會我感受下，我根本，就沒有可選擇的餘地；
他，就在這個時候，出現了……

他剛好走進了我的內心，撫平了我的空虛，並安慰醫治了我心底的創傷與落寞；
以至我能夠，再重拾多一點的自信與快樂……

你常常對我不聞不問，你會以為在經濟上多加支援我，我就會感到快樂；
或許，你是給我一個，覺醒的機會吧！
你對我的半放棄態度，是讓我去尋找，另一位願意愛我的人吧！

從來，愛，是需要彼此去珍惜的……

今天是情人節，你對我，毫無表示；我就收到，他的一束鮮花……

我說了很多次，我是很愛花的；

但你卻常常說：「花是昂貴而沒用的東西，我不會購買的；我買給你的，都是實用的物品……」

我知道，在家中，你不知有幾多昂貴而放在一旁的電子用品；
你也有不少，不常穿的名牌球鞋……

一束花，是我的一份期待，但是你卻總不明白……
算了吧！

今天，我在他手上，接過了這束鮮花；
今天是情人節，花價是特別的昂貴……

我有一陣的感動與激動；
我感動，是因為他願意，在這般日子記念我，向我表達情意；
但我最大的感觸，是送花給我的人，並不是你……

我想著，如果送花給我的人是你，會有多好？
我的眼淚，不期然地，落了下來……

他緊張及感動的說：「傻的嗎？要是你喜歡，我天天送花給你都可以……」

生活的細節，從來比很多大作為，來得重要；
從來最窩心的，就是一份暖暖的心意……

其實，你在我流離失落的時候，你好像，總沒有抹掉我的眼淚；
你在我悲傷的時候，你也從來沒有，給予我任何前行的勇氣……

我在尋找陪伴，我在尋求你的倚靠時，你常常，總沒有認真地回應我一句……

請你不要怪我，去尋覓另一位，待我更好的人；
是的，我一直都很愛你！我對你，一向都信守承諾！
但是，我也需要被愛，我也需要被愛的動力，讓我的人生，繼續往前行；
我需要被長久的擁抱，我需要被深刻的支持；
以及，我需要被真誠與真摯的鼓勵與觸動……

今天，我送了一盒曲奇餅給他，他大讚了我的廚藝；
我記得，許多天的晚飯，你總批評著我，總說我廚藝不精……

或者，最後，你只能成為，我的一個心影而已！
偶爾地，在你常常不在時，我會想起你；
但你在我心中，已經慢慢的淡出角色了；
甚至，我對你，已開始，再沒有掛念的心了……
是因為，他替代了你嗎？或許是。
是我想保障自己，找更愛我的人嗎？或許是。

又或是，我根本不曾深愛過你？這並不是……

我再說，其實，我一直都深愛著你；只是，你從來，都不很珍惜我……

時間，或許會讓我，漸漸地不再愛你；
時間的流過，告訴了我，人生不應白過；
時間，也讓我的難過，慢慢沉澱下來；
或者我需要，重新尋找自己的前行方向……

你曾對我的冷淡，因著時間的前進，
你逐漸在我心，開始變得，無關痛癢……

或許到最後，我不只是心靈出軌，而是肉體出軌；
那時候，我會連一直我著緊的物質生活，也會捨棄；
那時候，我就會，不再回頭的了……

請相信我，我還是愛你的；
願你在這時，能夠更多明白，並珍惜我；
以及，用我渴望的方式，去愛我……

八月廿八日　炎熱

難過，會否讓我對你的愛，
慢慢地減退？

我對你的愛，
從來，都是真的……

但當每一次的希望，只換來失望的時候；
在年復年的失落中，在不斷添加的難過裡，
真的，我內心對你的愛，
慢慢地，真的減退了……

不是我不想愛你，
而是，你知道嗎？
愛的堅守，真的很難維持下去……

愛著一個，總不回應我需要的人，
內心，真的感到很難受……

請不要讓我持續地對你失望！
請不要在我不再愛你時，你才來明白我……

八月卅日　雨

每人都有一些生命中的底線，不可被隨意觸碰；
若被觸及了，一切，就再沒法回頭的了……

每個人愛的底線都有所不同；
有時在底線被觸及時，
就會衍生，大量傷痛與無助的情緒……

我與你愛的底線，你知道，是在那個位置上嗎？
就是，我實在等你等得太久，
以至我一個人，常常寂寞地流淚；
有時我覺得，我實在愛你愛得太累，超越了我所能承受的底線……

常常不被尊重的感覺，我亦受夠了！

你對我的感受，總不聞不問；
你的行蹤，總是無聲無息；
這些對我的不尊重，還要去到幾時呢？

對不起！或許這樣，我真的，不能再愛你下去了……

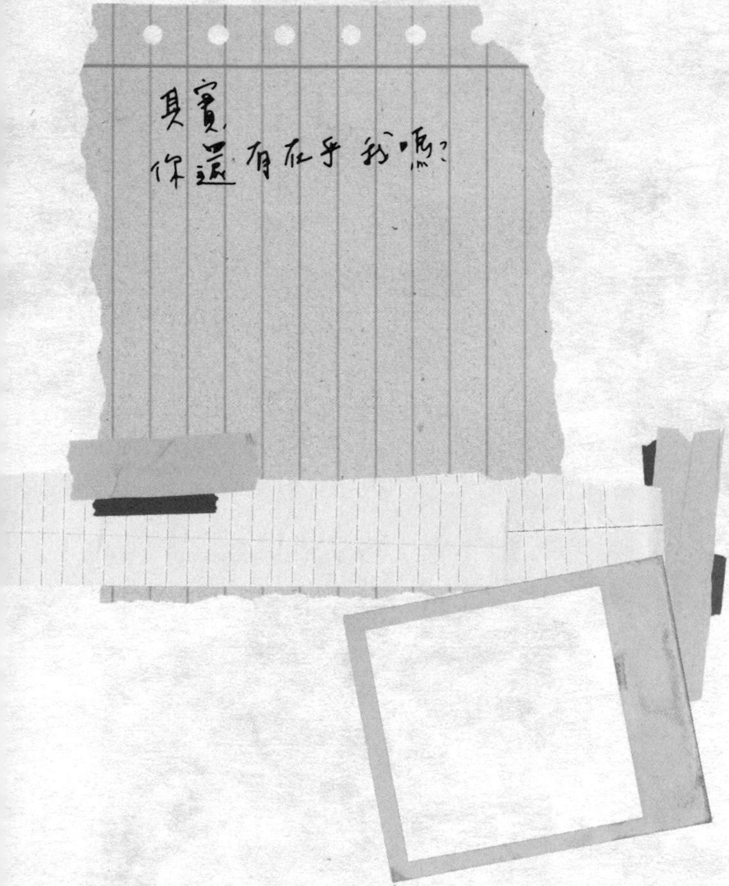
其實，
你還有在乎我嗎？

我想，我只會相信金錢，因為起碼，金錢給了我保障……
曾經，我是如此的為家庭付出，然後，我將全部心力，都擺放在家庭上；
突然有一天，你就如此的離開了……

或者過去這十多年，我離開了職場，我已經再沒有，在職場工作的能力；
但在這時候，你卻說，要離開我……

我根本亦沒有甚麼積蓄；
作為一位家庭主婦，我根本就沒有甚麼收入……

你給我的家用，我都用在家中的基本開支和需要上；
我還餘下了甚麼？

之前你說：「我負責付房貸，你就負責家中的各項費用和飲食。」
就這樣，在生活中，就算我偶有兼職，但我亦沒有甚麼儲蓄了……

今天你說要離開我！
你說：「在從前的日子，我為著孩子的長大，我被迫愛著你，被迫與和你走在一起；現在，孩子都長大了，我希望尋回自己……」

那我呢？你說：「我仍會每月，給你一定的生活費。」

是的，在香港這高物價的城市裡，金錢，真的相當重要；
特別在我這年紀，除了倚靠金錢，我還可以倚靠誰呢？

原來，我用了一生的青春，去守護一個家庭，去愛著一個人；
最後，在年紀漸長以後，卻會被人拋棄；
最後，我可以變得一無所有……

男性在年長以後，還可以找年輕的對象；
但我呢？我還可以去找誰呢？

你這樣狠心的對待我，我真的覺得很難過；
或者在生命中，我真的不能再相信愛情……

生命中的經歷，就是如此的讓人難堪；
亦從來，沒有人可以去掌握；
我知道，你就是要如此的對待我；
我知道，你就要讓我這樣的難受……

我不會再信任愛情！

我只會相信金錢，因為起碼，金錢給了我保障……

往後，去愛一個人，對我來說，是再沒有可能的事了！

獲得愛，是無常的事嗎？
失落愛，才是正常的嗎？
生命中，從來失落愛，才是常態嗎？

我知道，你對我，就是毫無憐憫；
縱然，你見到我情緒上的崩潰和難過……

你說：「不愛就是不愛了！不要再拖拖拉拉了！也不要再問甚麼原因了！」

是的，我恨你！我恨你的絕情！我恨你毫不顧及我的感受！

其實十多年的感情基礎，只換來一句不愛了！
原來你更抵不住，一個年輕女子的所謂感情！

是的，有人說，人與人之間的愛，是雙方的；
是我與你中間，溝通和情感，出現了問題嗎？
但是，真的不可以解決嗎？

你說：「我們就是溝通不了！」

是的，溝通不了，你就將當中所有的責任，都推卸了？
這就是愛情嗎？這就是婚姻嗎？

我真的不想再說甚麼了！
愛需要互動，愛需要彼此體諒，愛需要協調……

從來人與人之間的相處，有那兩個人，是從一開始到末了，都可以好好溝通的？
有那兩個人，是可以一直，不偏不倚地，深愛對方？

愛，根本是一份最艱苦的堅持和忍耐；
有那一份愛，大家不需要用力去維繫的？

你不愛我了，你亦不再去作任何的堅持與忍耐了！
跟著彼此的溝通，自然就再沒有很多了！

是的，你說你沒有推卸責任，你說：「其實我們分開，我也有責任……」

但是，我已完全沒有對你說不的機會了！
你定意要分開了！你甚麼都不再和我說了！

在這可怕的結局中，我知道，我不會再信任愛情，我真的，只會信任金錢和孩子；
我也看不見我的將來，因為我很害怕；

我很害怕，一個人，孤獨的走下去……

為何我付出那麼多，今天，我要自己一個人，承受這麼多的痛楚？

或者，只有眼淚，是我的良伴；
因為，起碼眼淚，能洗清我心底的壓力；
我會覺得，流淚以後，能讓我的心情，平復多一點……

在與孩子的擁抱中，我也發現，世上，還有多一點點的溫暖……

愛情，從來不應被完全信任！
愛流逝以後，人與人之間，就是如此的蒼白；
從來人，就可以是如此的狠心；人亦可以，如此的讓人失望……

其實一直，我是很相信愛情；
我亦一直，相信婚姻，是可以永久的；
我會以為，當我甚麼都沒有時，我還會擁有你；
我會以為，當時間不斷流過以後，你仍然，會是我心內，一份最觸動的心影……
我會以為，你總不會離開我；
因為，我一直都是如此，信任和愛著了你；

但原來一切，都只是我以為罷了！

今晚，我在幽靜的街道中走過，我在細碎的小石路上停留；
在每一處，遺留下來的，只有我自己一個人，孤寂的腳步；
所有的事，只有我自己一個人去面對……

在我沒有任何依靠時，我安慰自己，還有神在我的心中；
祂仍愛著我，成為了我，最後的依靠……

今天，你還有少許愛我嗎？
其實，只是一句問候，為何你都可以，對我如此吝嗇？

不愛了，就是不愛了嗎？
你的沉默與無聲，其實同樣，讓我非常難受……

或許，當有一天，我的理智，蓋過了我的感性時，我就會學習忘記你！
我就會學習，走出我自己的一條新路！
我相信，還有人會愛我……

半年，飛快地過去了……

慢慢地，我會發現，我開始懂得，自己一個人，帶著孩子，堅強地生活；
慢慢地，我開始懂得，我需要一個人，去努力自己的方向；

然後，在不知不覺間，在不知甚麼時候開始，原來我已經，再沒有那麼難過……

但是，你知道嗎？
我還是多麼希望有這一天的出現，就是，你還會回來找我；
然後你告訴我，我們重新開始，好嗎？
我們再成為一家人，好嗎？

是的，我知道，這只是我單方面的幻想罷了！
我知道，你準備和她，組織新家庭了……

其實，每當我想起，你不再愛我的時候，我的眼淚，還是不受控制的，慢慢地流落下來……

被放棄的感覺，我是習慣了，
但卻不代表，我就沒有難過；
生活，我是繼續著，但卻不代表，我內心，就沒有悲傷；
人生走著走著，我似乎很安然，但是在夜闌人靜的時候，卻不代表，我並不寂寞……

你說，不愛了，就是不愛了！
或者這句說話，我是說不出口的……

在我不應再愛你，與傷痛的交集中；
在我忘記，與無法忘記你之間；

其實在每個晚上，我自己一個人的時候，我總撫摸著自己的傷口，然後望著遠處；
我還是有著，一點一滴的淚流；
不過我知道，明天早上，還是會有新的一天；
我為著我的孩子，我還想好好努力；
我很希望有一天，我能再次找到一個，真正愛我的人；
我還是，盼望著……

被放棄的感覺，我是習慣了，
但卻不代表，我就沒有難過……

我盼望有一天，
我能再次找到，
一個真正愛我的人……

十一月廿三日　陰

你的離開，你讓我的難過，終會過去的……
你要走離我的視線，我從來都阻止不了……

會過去的，我會忘記你的！

其實，我真的會忘記你嗎？
而你，又想我忘記你嗎？

其實，有甚麼事，我們彼此不可以說清楚？

無盡長夜的孤清，我真的覺得很難過；
所有感受，都只是我自己一個人去承受……

請告訴我，你心裡的說話，好嗎？
你不需要擔心，因為被人遺棄的感覺，我都習慣了……

很多時，我以為，我對你好，你就會喜歡我；
但最終，我卻是被丟棄……

是的，被放棄的感覺，我是習慣了；

但是，習慣了，卻並不代表，我就沒有難過；
習慣了，更不代表，我心裡就不會傷痛……

你知道嗎？
我對你，就是有著一種很難捨的感覺；
或許，是因為，我們真的曾經走在一起，很長的一段日子……

從開始至今，其實我一直，都是這麼的在乎你……
是的，如果你告訴我，你是放棄我了，我會接受的；
但只是，也讓我，默默地落下眼淚罷了！

十一月廿六日　多雲

從來，你都不會明白，我心裡的傷悲，
因為，你不是我……

你知道嗎？
你這樣無緣無故的離開了，
你是加添了，我心裡，幾多的無奈和悲傷……

或者我最大的傷心，
就是我付出了一切的努力，但卻仍是一事無成……

又或者，我放下了一片癡心，
最後換來的，仍然是反覆的失望和虛寂……

許多的事，只要我肯努力，我信，總有成功的一天；
但是愛戀，卻原來不是一個人的事；
無論我如何付出真心，無論我如何努力，
最後，亦是難言有好結局……

我沒有想過，我們的狀態，會是如此；
我也沒有想過，你會突然的，離開了我……

然而我卻知道，這個傷悲，總在不斷的纏繞著我；
然後，我卻還是想著，會在甚麼時候，可以再見到你……

這，其實是我嗎？

情迷需夢醒

22 ——

一個懂得愛自己的人，才懂得去愛別人吧！

一個懂得愛自己的人，
才懂得尊重自己的想法，
才懂得尊重自己的心願，
才懂得發掘自己的獨特，
從而，活出幸福的自己……

活好自己，才能愛人及被愛吧！

如果連愛自己甚麼都不知道，其實，也不會知道，其實在愛著對方甚麼；
當一個人知道自己是誰，深愛著自己的時候，才能知曉，自己最愛的，會是誰……

我不是甚麼人都愛，因為，我只愛獨特的自己，以及，與別不同的你……

香港，是一個繁忙的都市；亦是一個生活急促的金融中心……
各項發展，都走得很快；各方面的生活價格，也很昂貴；
就是如此，讓人總在急忙的步伐中，忙於生活，忙於追求自己的理想，忙於一切維生的工作；
在香港，從來工作，都不能隨時停止……

我知道，你也很忙碌；因為身為香港人，從來你就是身不由己……

你可以選擇停下來嗎？你有家庭負擔，怎夠膽停下來……

是的，我也明白你；我也體諒你所有的感受和難處……

曾經，我們討論過很多大大小小的理想；
曾經，我和你，也要面對不同的生活壓力……

曾經，最能明白我的人，就是你；
曾經，我愛自己，我更愛你……

今晚，我遊走在大小街道上，聽著車聲不斷；
我知道，這城市對我來說，是如此的熟悉，但同時，卻又如此的陌生；
因為擦身而過的人與車，我都再看不清楚了……

我只想在日間繁華的車水馬龍中，在晚間寧謐迷糊的燈影裡，尋覓著，惟一的一個你……

請告訴我，你在那裡，好嗎？

很多年了，你無聲無息的離開我……

其實我這麼愛你，你真的感受不到嗎？其實，你是選擇感受不到吧！

你為甚麼要這樣離開我呢？

時間就如此一年一年的過去，日子，真的不值得被珍惜嗎？
為何，你要將屬於我們的時間，這樣浪費掉呢？

你不是承諾過，待你專科畢業後，待你取得專業證書後，我們便會成家嗎？
今天，你往那裡去了？

你不愛我，就說不愛吧！為何，你總要逃避我呢？

是的，是我給你添加麻煩了嗎？如果是這樣，我是可以離去的！
如果對你來說，我的存在，是妨礙著你事業的發展，是的，我會離去的……

或許，在你的專業領域上，我成不了你的支持與援助；
在生命的輾轉中，我與你，已經不能再同行了……

曾經你給我的承諾，都是曾經的了……

那時候，你我還是一對普通的情侶，你那時也沒有想過，你一直的努力和進修，讓今天的你，變得如此的不一樣……

而我，仍然是從前的我，我並沒有很大的改變；

今天，我仍然還是愛著獨特而普通的自己；
今天，我仍然還是愛著你……

生命中最痛楚的，就是我總追不上你的步伐；
追不上，就是追不上……

其實，你都走了，我已不會，再阻礙你的發展了！
不過，你或許不會知道，在晚上，我總是一個人，靜靜的落淚罷了！

記得一直，我們都相處得很好；
我知道你內心的渴想，我一直鼓勵你進修，努力尋求自己的理想……

是的，你總是特別的優秀；一切的課程，一切的考試，你都捱過了……

然而，在你取得專業資格的那一天後，你就在社群媒體上，刪除了與我的合照……

我襯不起你嗎？還是，有其他甚麼原因？
你是刻意想讓我難過，然後，你想我自己離開嗎？

是否人與人之間，共患難時，就可以互相依靠；要共富貴，卻要身分相同，門當戶對？

是的，我總是情迷難夢醒，只願仍然能留著這份情；

我願彼此的心，仍能鎖於曾經；
我願彼此的情，仍能一直沉靜安然……

是的，這只是我一個人的願望罷了！
我太普通了！實在襯不起你……

在心痛無奈的一瞬間，在你離開我之後，
其實，沒有甚麼剩下了，餘下的，只有我的眼淚……

你會知道嗎？你會明白嗎？失去，總是讓人很痛！
為何我還要去愛著你？這痛，真是我咎由自取的了！

或許有天，當我夢醒，我就會忘記你；
縱然我知道，你離開以後，到今天，我還為你保留著，我對你的愛……

但是，不斷地去思念你，其實，又有甚麼意義呢？
你還不是依舊，對我不聞不問！

算了吧！你這些只求自利的人，只不過，是擦過我生命空隙的其中一個吧！
你最後，根本不會，再被我多看一眼；我也不應，再去記掛著你！

我知道，當我看重你的感受時，當我為你的成就歡呼時，你卻從來，不去珍惜我！

我要繼續為你難過嗎？
或者，你抽身而去，只是給我短暫的痛楚；
你的離去，告訴了我，你根本就不值我去愛；
我需要先愛自己，然後，我再去愛，值得我愛的人……

雖然我是跌落在漩渦中，很是疼痛，但我會努力復原；
我告訴自己，我要活得比你好……

今天，有人來尋找我，他說一年前，我們曾經相遇和合作；
但我怎麼想，都想不起他來……

而你，已經消失在我眼前，一年多了，但你卻仍然，停留在我心中……

為甚麼會有這麼大的分別呢？
其實除了因為愛，我也想不到其他答案……

你知道嗎？有些人在我身邊輕輕流過、擦過，我轉眼，已對他們沒有記憶；
然而，我總是想緊緊的，想抓緊著你；
你在我心中的地位，就是如此重要……

不過一切，都是曾經的了！我開始慢慢，復原了……

今天，他又來尋找我，我熱切地望著他，說：「你提起，我終於記得了！兩年多前，我們在一個品牌設計的專案上見過面；我需要向你多多學習！請你多多指教……」

現實，從來是殘酷的；人心，從來也是多變的……

在你不愛我的今天，我需要更努力地，去尋索其他愛我的人；

在你不愛我的今天，我要抹掉眼淚，多愛自己，開拓我的新生活……

平凡普通不是罪，我還懂得去愛；我相信，我還會被愛……

四月六日　陰

你為何總要逃避我呢？
你為何總要一直地逃避我呢？
你是害怕甚麼嗎？還是有其他原因呢？

你已經有了新的人生方向？
你已經不再需要我？
你已經忘記了我的好？
或是，你連自己逃避我的原因，其實也不知道？

逃避，最終大家只會錯過彼此，
只會讓原有的愛，都慢慢流逝掉了……

你還愛我嗎？你有看清楚我的眼淚嗎？
我一直都在愛著你！
為何，為何，你總要如此的，讓我不斷地難過……

四月九日　晴

人生在世，多少人，只活在別人的目光中；
追求著一張權威的文憑；
追求著永遠追不完的財富；
追求著生命中，總會磨損和毀壞的事……

追著追著，一生不經不覺，就走過了……

我想追求著甚麼呢？
你知道嗎？我只是追求著，
一份很簡單的愛；
一份很單純的被了解，
一份能讓我安歇的滿足；
一種平靜而喜樂，恬淡卻讓我心靈富足的生活……

誰人迫我，要一直的往前走？
我有一定的金錢收入，難道還不足夠嗎？
我有我工作上的貢獻，還不滿足嗎？

惟願我走在世界盡頭以前，在安享歇息與擺動無奈之間，
我總能找到一位，愛我，又能夠明白我的人……

23 —— 悔婚

原諒一個人，是很困難的；
原諒，需要從心底發出，才有作用……

其實我選擇不去原諒你，我只是想忠於自己；
特別是，我想記著，你曾經深深的，傷害了我……

如果一個人，只是無意地傷害我，我一定會選擇原諒他；
但如果這個人，是刻意選擇去傷害我的話，我總會記著；因為我不想，你再一次去傷害我！
這應是，一種自我保護的機制吧！

我原諒了你，難道，是想讓你再有機會，在我身上，重蹈覆轍地犯錯嗎？

一幕又一幕的往事，不堪念記；
一次又一次心靈抽動，告訴了我，我並不能忘記你的過錯……

我視你為結婚對象，然而，你在我們籌備婚禮的時候，你居然狠狠的，捨我而去……

我告訴了全世界，你將是我的人了；
然後，我卻要再一次告訴所有人，你已經離去！

沒有為了甚麼原因，你只是說：「我突然害怕婚姻，我突然對你，再沒有感覺！」
是的，感覺是很重要的；但感覺以外的責任，就不重要嗎？
你與我，雖然未正式成婚，但難道在婚前，就沒有信守承諾的責任和必要嗎？
你居然說：「就算結婚了，也可以離婚；現在我是於婚前離去，已經是很盡責的表現了……」
後來，我再明查暗訪，我才知道，原來你不是第一次悔婚的；
原來之前，你也有幾次相類似的經歷，只是，你一直都隱瞞著；而我，一直甚麼都未有知道……
原來，你根本就不想結婚；你只想在愛與被愛中不斷游弋；
你從來，只看重和關心自己的感受和需要……
你對我解釋說：「我真是想結婚的，可是每次走到結婚這最後一步，我總是感受到，一種巨大婚姻束縛的張力；我就會睡不著，我更會病倒……」
你又說：「我一次又一次，嘗試去克服對婚姻的恐懼；可是一次又一次，我不知為何，都被恐懼打敗了……」
你說：「我真是想和你成家立室，我是真心想和你組織家庭；但最後，我還是選擇卻步……」
我對你的想法，真的感到難以置信，莫名其妙；

為何你不一早告訴我，你的困難呢？
為何你不一早坦誠告訴我，你過去多次悔婚的經歷呢？
如果我一早知道你的過去，原來曾經，你有多次悔婚的事，那我未必，會選擇與你走在一起；
我也未必，會願意投入深深的感情，在你身上……

我知道，人在心靈中深刻的感受和經歷，是有其獨特的原因；
有時，並不是一時三刻，就很容易地，可以改變……

每個人，也有他們個人的成長經歷，也有他們本身原生家庭的獨特狀況；
當中曾發生過的事，只屬於他個人才能明白的處境；
有些經歷，並不是其他人，可以理解和明白……

可能到了這一刻，我還是不能明白你內心深處的想法；
但我覺得，你對我，還是有著一種欺騙；
這不是肉身上的欺騙，亦不是金錢上的欺騙，而是一份情感上的欺騙！

我不知道，其實在你心底，為何不相信婚姻；到這一刻，你也沒有詳細跟我解釋；
我也不知道，在你心中，為何不相信婚姻中的愛？
你追求的，是否只是短暫的愛？
你追求的，是否只是短暫式的滿足感？

在你離開我這一年，我一直都是混混噩噩地過日子；
我很傷心，我對愛情和婚姻，也有很大的陰影……

你說：「我們可以繼續走在一起，繼續做朋友，甚至繼續做情侶；只要不結婚就可以了……」

喜帖已經派出，婚禮已定妥日期和地點，你叫我如何與你不結婚，而又繼續走在一起呢？
這是否一件非常荒唐和尷尬的事呢？
我真的過不了自己的心理關口；
你知道嗎？我根本亦不知道，怎樣向我的家人交代……

那段時間，我承受了許多的壓力和難過；
我不想活在別人眼中，這一場戲，你實在令我太難堪了！
我真的無法原諒你！

或者你會覺得，你所重視的，只是愛與被愛；任何愛以外的儀式，你都覺得並不重要；
你只想大家心中有愛，就可以了；
但你從來，都沒有關注我的感受……

不結婚，將來我們應該有孩子嗎？
不結婚，如果將來我們有孩子的話，又怎麼打算呢？
你是不想和我成家立室嗎？
你只想要一種永久的同居關係？
沒有婚姻的承諾，是不是大家隨時，都可以終止彼此的關係？

對不起，這種沒有安全感的情愛關係，我接受不了……

兩年後，你又來找我……
你說：「希望你能原諒我，你離開我這兩年，我也沒有忘記你。」
你又說：「我已經克服了心裡的恐懼，我不會再一次，犯同樣的錯誤。我願意與你再走在一起，你可以給我多一次機會嗎？」
你更說：「我們不應，就這樣放棄我們的感情……」

是嗎？你是值得我原諒的嗎？
這兩年，我沒有再與其他人相愛；但這並不代表，我就會選擇，再一次去愛你……
而我知道，在這兩年中，你是有和其他人相戀的；不過最後，都是無疾而終罷了！

對不起，我不會再考慮你的了！因為，你曾經對我所作的，實在讓我太難堪；
對不起，我也不會原諒你！因為，你根本從一開始，就在欺騙我，並浪費著我的時間……

我是想有一個家，我是想有美滿的婚姻，我是想有屬於我們的孩子；而你，從來是知道的；
但一直，你都隱瞞著你的經歷和難處……
對不起，原諒一個人，是要打從心底發出；我表面原諒你，實在太容易；
但是，這真是我心底裡的想法嗎？

我心底裡的真正想法，從來只有我自己知道，從來只有我自己明白……

真正打從內心原諒一個人，不是一件很容易的事；
口裡說原諒，心底裡，根本就會再次記起曾經你對我的傷害；
其實在我心中，根本就對你有恨！

當我要對每一位朋友，說出取消婚禮的時候，你知道嗎？我是多麼的難受！我是多麼的痛恨你！

主耶穌就是知道我們的軟弱，所以祂吩咐門徒，要原諒別人，七十個七次……

但要原諒你對我的傷害，實在是太艱難了！
在你心中，你常常覺得，自己並沒有甚麼錯；
你覺得你的悔婚，對我，並沒有造成很大的傷害；
你更說：「我又不是移情別戀，我只是心理狀態不佳而已……」

但我告訴你，你對我根本就是欺騙！
我結了疤的傷口，現在再按下去，仍有痛楚的感覺！

再見吧！在我更痛恨你以前，你離開我吧！
請你不要再找我了！

或者，你去尋找一位，願意與你一直同居而不結婚的人吧！

我也希望，你先坦白告訴對方，你曾經有的經歷；
不要讓人在你身上，再有任何婚姻的期望與憧憬……

從一開始，如果你能坦承說出你的難處，這才是真正面對問題的方法；
從一開始，如果你能坦承說出你的難處，或許我未必，想朝婚姻這條路出發；
有時候，你的不坦白，根本就形同欺騙……

或者，你一直也在欺騙著你自己吧！
你會以為你是愛我，你並沒有做錯……

你究竟是明白，還是不想去明白？
但一切對我來說，都已經不再重要了；
我已經不想，你再成為，我心中的任何回憶了……

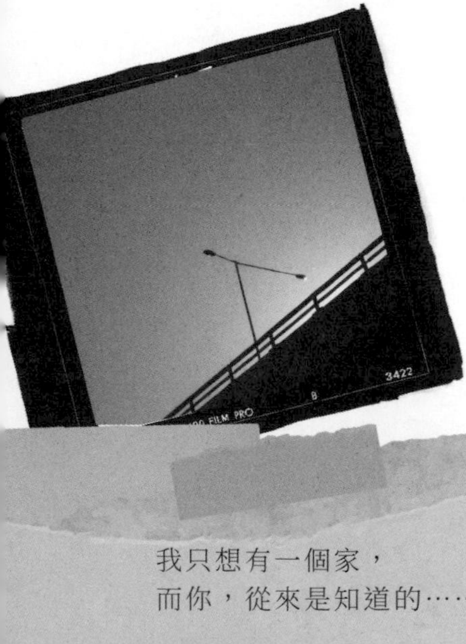

我只想有一個家，
而你，從來是知道的……

你不單欺騙了我，
你更深深地傷害了我……

十一月八日　冷

為何你總要傷害我？
我總願意信任你，我總無知的，任你讓我心碎……
我樂意甘心地愛著你，
我毫不聰明地以為，總可以等待到婚姻……

你知道嗎？
就是如此，我總假裝著微笑；
並將最深的傷痕，不斷自欺地，一直埋藏下去……

其實，在許多難過以後，
或許我的心，已經不再懂得感受愛了；
在許多難過以後，或許我的心，已經不太信任別人了……

被欺騙的感覺，以及痛苦的感覺，過頭了；
失望亦是，太多了！
以致往後，不是我不想再愛你，
而是，我心中對你的愛，真的會隨著時間，慢慢地減退了……

我也不想，再見到你了……

十一月十一日　陰

人生最難過的，就是曾經有著希望，
但最後，卻換來了失望⋯⋯

我會以為，我待你好，
你也會願意，和我永遠走在一起，步入婚姻⋯⋯

但原來，從來最大的希望，
只會換來一份，最失落的徒然⋯⋯

你在我的世界，慢慢地淡出了；
我的世界，如果從來沒有你，
或許，我就不會有現在的受傷和難過⋯⋯

或者在最開始，你根本就不應給我任何成家的希望，
因為當一切都落空，這可是一種，世上最痛苦的情緒落差；
然而，你從來都不會明白，又或是，你選擇著不去明白，我的傷痛⋯⋯

你總不會知道，我心中的落寞；
以及，你從來見不到，我的失望⋯⋯

有甚麼感覺，是一邊微笑，而一邊又會流淚呢？

就是我在心中仍愛著你，
但最後，你卻不願和我走在一起……

在每晚入夢以後，在迷離背後，
我告訴自己，要相信你，要再多一次去信任你，
你最後，也會和我走在一起的；
我想著，就笑了……

然而，夢醒以後，我還是發現，
眼淚告訴了我，直至如今，我還是，失去你……

24 困在家中的我

在錢鍾書《圍城》一書中提到，很多人想入城，比喻想進入婚姻；
然而同時，亦有很多人想出城，比喻想逃離婚姻的束縛……

我想，在每一段關係裡，都有讓人憧憬之處；
但在一段日子以後，卻可能會察覺，在生活中各項細節裡，其實存在著很多責任與困難……

與所愛的人永遠走在一起，是一種渴想；
當真正走在一起後，在某些事情變質以後，入了城的人，其實，是深深地，被困在城裡；
這是另一種，極大的難處……

香港曾經有一位大學副教授，殺妻罪成；
這是香港近年，第二宗大學副教授殺妻罪成的案件。

今次是機械工程系副教授，用電線勒死其妻子；
上次是麻醉科副教授，用瑜伽波毒殺妻子；
兩人都似乎用著自身的專業，去殺害最親近的人……

聽著當中的細節，機械工程系副教授，似乎是長期受其妻子的精神虐待，以至精神上，長期處於繃緊狀態；

縱使他月入十萬港元，購買了大量房產，但卻買不到婚姻的幸福……

我想，人生種種的經歷，盡都不同；
在城裡的人，在婚姻當中，才能明白箇中的感受……

其實這位副教授最需要的，是與妻子懇切而認真的協調與溝通；
又或是，徹底的出城——就是離婚。

殺人罪，從來都不能被隱藏；
他就這樣，不單殺害了妻子，更毀掉了自己一生，更毀掉整個家庭……

人與人之間的相處，從來是一門極深奧，以及一生需要學習的學問；
當中與學識水平的高低，未必成正比關係……

人與人之間情感上種種的磨擦、掙扎與挫敗，不是進入了婚姻，就會消失；
反而人與人之間近距離的相處，有時會為雙方，帶來更大的傷害……

誰說戀愛和婚姻，一定是美好和幸福的？
從來，我們只能抓緊一陣子的美好；長遠，其實需要雙方，不斷去付出努力；
更要進退有時，反省不斷，才能維繫彼此美好的關係……

從來公主遇到王子後，就幸福快樂地生活；
這只是童話故事，更是偌大的謊言……

或者這則新聞，讓我想起聖經中〈撒母耳記下〉的一個故事：
大衛王其中一位妻子米甲，曾用言語恥笑大衛，令大衛深感被羞辱……

大衛貴為國君，卻也得不到妻子的尊重；
最後聖經記載，米甲沒有生兒育女，相信他們最後，是分開了……

我相信大衛曾經深愛米甲；
但所有最美麗的愛情故事，都不一定，有完美的結局……

或者面對長期的憤恨和被羞辱，有時彼此分開，可能已經是一個最好的結局吧！

生命中的邂逅，從來沒有必然的幸福；
只有透過不斷的努力，才能好好維繫，和彼此一起經營下去……

其實，在家中，你從來，就沒有很了解我；
為何，你總要我不停的，在家中做著家務呢？

其實每天，我都覺得很疲累；從早上到晚上，我都忙個不停……

或者你會覺得，你主外，我主內；我已經是很幸福的……

我不需面對任何工作上的壓力，我不需面對社會上種種艱辛的洗禮；

我只是待在家中，照顧著兩個孩子；陪他們吃飯，做功課，沒有任何壓力；
你總覺得，我很舒適，我很悠閒……

但你可會明白，作為一位母親，作為一位家庭主婦，其實，我全天都沒有屬於自己的個人時間……

由早上煮早餐開始，到送孩子回校，再到市場買菜，回家打掃；
再接孩子回家，預備午餐，陪他們做功課；
晚上又預備晚餐，洗衣服……

你回來了，卻甚麼都見不到，只見到井井有條的家；
你會覺得，一切好像，都是來得很容易……

其實，我每天都感到筋疲力盡；
星期六、日，其實我也是沒有休息，只是仍在循環著，每一天的家事……

基本上，我沒有假期；你會以為，我真的很快樂嗎？
的確，在家照顧孩子，是我的選擇；
我在工作崗位上退下來，就是想照顧家庭……

你會覺得，既然這是我的選擇，我總會快樂……

是的，我的快樂，是因為可以多陪伴兩個孩子；
但是我發覺，我已經再沒有從前的自己了！

我已經再沒在，一個在工作上，在社會上，受人肯定的自己了；
我已經再沒有，一個被其他人需要的自己了……

或者，我只是兩個孩子的母親，你的妻子；
我似乎，再沒有其他特別的角色了……

你也沒有特別關注我的需要；從前，你總會將工作上的一點一滴告訴我；
現在你好像覺得，我已經成為家庭主婦，脫離了工作，已經與社會脫節；
你已沒有興趣，與我分享太多你的事；你的工作，我已經一無所知；
我好像更與世界，脫軌了……

而你，對我在家的家事，也不會過問，亦不會幫忙，
你回家，只會看著手機，和你的朋友在線上談話；
而我，就繼續努力地，繼續做我的家務……

你偶爾會投訴說：「廁所，你沒有洗的嗎？怎麼會這樣不乾淨？」
你有時又會不滿地說：「我上班的衣服，你還沒有燙好嗎？我明天怎麼上班？」

其實，我也是一位大學畢業生；我也有我的知識水平和工作經驗；
只是在這些時候，我選擇了照顧家庭：但我可不是任你呼喝的工人！

幾多次，我在廚房裡偷偷掉淚；幾多次，我抱著孩子時，其實感到很孤單；
這個家，好像只有我一個人；
你在我心中，只是一部提款機，定時給我金錢罷了！

我知道，你在外面工作，也有壓力；但我在家，也不見得很輕鬆……

是的，我連仔細去看看報章社論的時間也沒有；我連讀一本書的時間，從來都沒有；
或者我只會上上youtube，看看如何煮好食物……

我曾經有很多理性的分析，但到了今天，我只懂得處理家務；
我知道，你曾經有感謝我對家庭的付出；但你似乎，並沒有對我這個人，作過甚麼讚賞……

其實你知道嗎？我需要的，是你一份同行的明白；其實，我還想有自己的生活；
你說：「你可以重新投入工作。」
但這個抉擇，對我來說，已有點艱難……

離開職場一段日子，要去二度就業，其實也是一份重新的適應；
薪水，也因欠缺工作經驗，不會很高……

星期六，我本想報讀一個課程；我與你商量後，希望你能照顧孩子數小時；
但是你卻說：「星期六、日，我很想休息。」
最終，我尋求了母親的協助……

每星期六這幾小時，我學習插畫；一方面為興趣，
另一方面，我為能有更多技藝，重新投入職場而預備；
我在當中，亦得到心靈上的釋放；我能夠在創作過程中，感受到快樂……

其實，我還想有更多時間，去學習其他技能；我亦想有更多時間，和我的朋友相處；
但你好像總有不滿，覺得我放下了家庭裡的工作；
你只是繼續常常說：「廚房這裡很骯髒啊！怎麼廁所又很不乾淨……」

你總是說：「我除了工作外，回家後，也常常幫助你處理家事……」
你總是說：「孩子，我也有幫忙照顧，我沒有留下你一個人……」
但是，你的表達，好像總在埋怨我，覺得我很懶惰似的……

其實家庭工作，也應該有假期的吧！我真的覺得很累了！

從來女生在社會上，需要工作；回家後，亦需要照顧家庭；
其實女生，並沒有任何額外的空間了！有時不只身體疲累，心也累了！
全職在家的我，也不見得很悠閒，很快樂……

或者，當我的眼睛，還未失去光彩的時候，
你能夠多一點，去注意我心靈裡的需要嗎？
你能夠多一點，明白我困在家中的難處嗎？

我還需要有朋友，我還需要有知己；
我還需要你的欣賞和支持，我更需要你的理解；
我亦需要有一點空間，好讓自己，能夠再尋回，一份真正屬於自己的感覺……

我沒有不喜歡這個家；我相信，你也是很負責任的人；
我從來，都不希望出城，我從來，都不想離開婚姻；
除了是因為孩子以外，其實，我還是很愛你；
雖然，在日與夜的磨蝕底下，愛，好像淡然了，但我仍然，很想堅持著這份愛……

今天你回到家，幫忙我煮飯，也幫忙了孩子的功課；
我知道，你也還是愛我的……

然後你說：「生日快樂！今天我幫忙做家務，是否很好呢？這份我送給你的生日禮物，是否很特別呢？」

我真是哭笑不得！我只知道，我入城以後，就要繼續努力，留在城中；
是的，我是需要更努力……

我盼望有一天，當孩子長大一點，我能夠重新找到工作；
我也可以，重新找回自己……

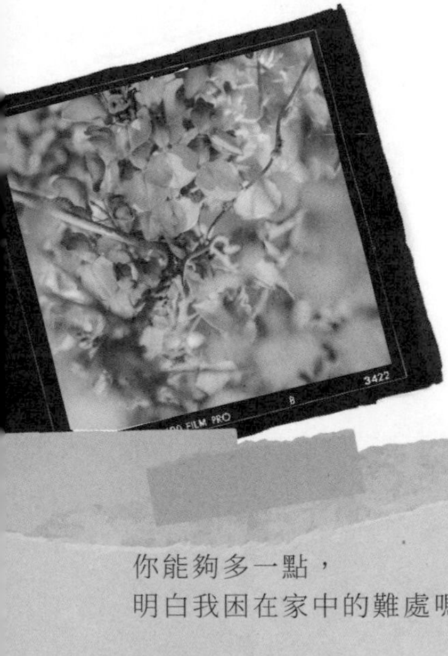

你能夠多一點，
明白我困在家中的難處嗎？

我盼望有一天，
我可以，重新找回自己……

六月六日　多雲

每日生活中的平凡，
其實，比一些突然的燦爛，更為美好……

因為，在每日平淡的日子中，
這就是日常，這就是一段段的感恩……

無風無浪，平靜安穩的日子，
其實，是我所追求的；
因為每一個平淡的日子裡，
比突然而來的興奮，或一些只是瞬間的美妙，
來得更長久，更穩妥，以及更值得期待……

我多麼希望，能夠與你，
過著每一個，快樂而平凡的日常……

你可以，給我多一點言語上，
以及行動上的回應及幫助嗎？

六月九日　晴

從來，生命有限；
生命的年日，更不是人可掌握；
所以，更要珍惜所存在的生命氣息……

對我所愛的人，對值得我去愛的人，
我所有的付出，最後，都不會是徒然……

因為，能夠被愛，就是幸福；
因為，能夠去愛，或許，更勝於一切可改變的事物……

縱然有一天，我斷絕了生命的氣息，
但我曾付出的愛，我相信，總存留著；
我曾用心愛過的人，我亦確信，我的愛在他們心裡，
也是永不磨滅，永存憶記……

我還是愛你，
請你能夠，更多明白我……

25 —— 我只是，想念你

我喜歡微笑嗎？
是的，我總是對著你微笑；
因為，我就是如此的情不自禁……

我見著你時，我心裡就笑了；
我望著你時，我總在臉上掛著笑容；
但是，我又害怕，你會看到我的微笑；
因為我擔心，我對你的喜歡，會被你知道……

然後，有一年的夏天，你離開我了；
我的笑容，也開始減少了；
因為，我開始不知道，可以向誰人微笑……

是的，我們又再重遇了；
在一個大家都意想不到的空間中再遇；
在這空間中，或者，是一處不能見到微笑的地方；
雖然表面上，你看不見我的笑容，但我心裡，實在又笑了……
因為，我總想念著你的溫柔；

因為，我總想念著你獨特的心思；
因為，我總想像著，你深情款款的眼睛，會在看著我；
因為，我總想像著，你那不能被觸動的心，仍然能夠被我捉摸著……

是的，微笑以對，原來是人與人之間，一份最珍貴的禮物；
有時，不一定要見到，在腦海裡感知著，也是一份美麗……

這些日子，我開始，又再遇不上你了！
我們連彼此的聯絡，也遺失了；
其實，我們是失去聯絡？
還是，是已經失卻了彼此的愛？

我開始，又失掉微笑了……

這些日子以後，我的心，再沒有為誰跳動過；
許多人在我身旁走過，又再走失了……

白天，我還是對著別人微笑；
但到晚上，我卻在尋找著，自己失落了的笑容……
我是一個愛笑的人，只是，我真的不想再微笑了……

最美的笑容，需要從心靈的最深處發出，再從臉上展現出來；
沒有你以後，我的心，一直都覺得很難過……

或者有一天，我與你再相遇的時候，我相信，我可以再次微笑；
但這笑容，還是從前的笑容嗎？
我還能，與你再微笑以對嗎？
我的心，會否已經有所改變？

生命中的激情與愛，從暖到冷，再從冷到冰封，
總是一個，連自己都不能察覺的過程；
也是一種，在微弱心靈中，很難承受的情感轉移活動……

因著你，我開始，有著一種不想再微笑的感覺；
因著你，我開始，不再懂得微笑……

或許我已經習慣，沒有微笑了；
在再遇重逢的日子，大家的關係，真的還可以，像從前那樣甜蜜和溫暖嗎？

那年夏天，我們又重逢了，你在外地回來找我了！
在疫情以下，人與人之間的相見與相遇，有時，也真的不太容易……

你說：「我們分離的這些日子，謝謝你願意等待我……」

但是，你會知道，你會明白，其實等待一個人的難過嗎？

時間的洗禮，可以讓很多事情都會改變；
我今天對你的微笑，可能已經不再一樣；
你會知道嗎？因為當中，我聆聽了太多的雜音；
我也實在經歷太多的失望，心中充斥著，太大的難過；
我心中，總有一份，被人遺棄過的感覺……

你問我：「你還愛我嗎？」是的，我心裡還是愛你；
但是，當我已習慣不再微笑的時候，請你也不用再要求我，給你甚麼笑容了……

其實你會知道嗎？在沒有你的日子，我比任何人都寂寞……

我總告訴別人，我沒有甚麼需要幫忙；
我總告訴別人，我活得很好……

我和很多朋友去旅行，有時自己一個人去遊走；
我告訴自己，告訴別人，我一個人生活，也很好……

我不斷的告訴自己：
「我一個人享受咖啡，一個人閱讀，一個人看戲，我很快樂……」
「我一個人在網誌上分享，我一個人拍照，我很快樂……」

「所有一切，我一個人自己作，都很好，我都很快樂……」

然後，我會再微微一笑，告訴自己說：「我很快樂……」

我常常這樣告訴自己，我很快樂；
因為如果我再不這樣告訴自己的話，我真的會覺得，很難過……

所以，我可以做的，就是不斷地對自己及對別人說：「我活得很好，我活得很快樂！」
你知道嗎？其實我心裡，是很寂寞！
我只是沒有將這些心事，告訴其他人罷了！

然後，大家都覺得我很好；
我知道這世上，大家都忙；誰有很多空間和時間，去顧及我的心靈需要？

又或是，我也不想將自己的軟弱，暴露於人前；
又或是，我也不懂得怎樣去解釋，自己深層的悲傷；
又或是，我會覺得，欺哄了自己之後，我真的就會快樂……

我見到別人一雙一對，我不停地出席別人的婚禮；
你認為，我真是沒有難過的感受嗎？

是的，在婚禮中，我總是笑容滿臉；

但離開人群以後，我就禁不著心中的淚水和孤寂；
我不是不想結婚，而是我愛的人，常常不見影子⋯⋯

是的，我很好！
我常常這樣告訴別人：「我活得很好！」
因為我的生活，在表面上，真的不錯⋯⋯

只是我內心，每到夜深，每到靜止著一個人的時候，
其實我很想與人交談，我很想與人分享，我其實是很掛念你；
但原來，這世上，能夠找人分享，能夠與人傾心吐意，
能夠在寒冷的晚上被擁抱，都是一件，很困難的事⋯⋯

我的寂寞，不是沒有原因的⋯⋯

但這樣，又可以如何？
我一是繼續等著你，一是降低標準，去另尋他人⋯⋯
其實，我並不想降低標準，隨便找一個人相戀；
因為這樣，我知道，會換來更深更大的寂寞與難過⋯⋯
或者，我惟一可以做的，就是繼續去等待你；
以及，繼續等待更適合的人出現⋯⋯

不停的等待，日復日，年復年，其實，這是一份甚麼樣的等待？

在漫長的等待中，我好像總見不到曙光；
連婚姻介紹所，也拒絕了我的登記；他們說大年紀的女生，已經很難有人會去尋找的了……

我在網上尋索對象，但每當我的年齡曝光，已經沒有人對我感興趣；
是的，女生到了某一年齡，只會是一種，更深的落寞與無奈……

我可以做的，就是繼續告訴自己，我活得很好，我現在很快樂……

岸邊的海浪聲，總是不絕不盡；其實我和你，真是一場情感意外嗎？
或許最開始時，的確是；
但當我願意繼續愛你下去，當我繼續堅持地去愛，你應該知道，我愛你，是我一種真切的選擇；
我愛你，亦是我對你，一份不斷的忍耐……

你知道嗎？你是值得我所期待的，所以，我也一直等待著你……

然而，沒有很多人，是在活著真正的自己，因為生命中，從來都需要，表徵著一份剛強……

每人心底，總埋藏著很多故事，從來沒有機會道出；
這些故事，也從來沒有被了解；
有時，甚至連自己，也不想去面對，這一切，真正的感覺……

是的，我也沒有在你面前，道出我全部的故事；因為，我實在害怕……

我害怕，你會看不起我；我害怕，你會不再愛我；
我害怕，你知道我曾經有這麼多的情史，你會離我而去；
是的，我一直尋找著適合自己的人，我找了許久，我只找到了你……

人從來，總會被心中的懼怕所勝；
在進與退時，總感到戰戰兢兢，總會小心翼翼；
因為害怕別人的目光，因為害怕自己的軟弱和醜陋，會給別人知道；
也害怕會輸，因為在輸掉以後，便不能再面對別人，更無法面向自己……

從來人，都是渴望被讚賞的；
從來人，都是渴想獲得勝利的；
所以，怎會有人膽敢赤露敞開，將最軟弱的自己，表露人前呢？

當我深愛著你的時候，真正的你，就是我所最愛！
我也希望，你能愛著真正的我，也能接受我的過去；
有一天，我希望自己，能夠有勇氣地，與你陳述一些，我過去的故事……

而你的故事，你的無奈，你的夢，你的傷痕，你的一切，我都願意去接納……

你，能夠明白我嗎？
你對我來說，就是如此的重要和寶貴……

請不要再轉臉不去看我！
請你再回來以後，真的好好珍惜我！
請不要一再收藏著你的情感！
因為愛，你知道嗎？總能遮掩一切的難關與過錯……

記得你說過：「我要有所成就以後，才回來找你；給我一點時間，你等著我好嗎？」
我說：「你放心，我一定會等著你……」

因為我想給你鼓勵，我想給你信心；
我不想打擾你對事業的追求，我不想成為你人生的絆腳石；
縱使我知道，感情與工作，感情與事業，其實，是可以並排發展，彼此並沒有衝突……

我不想說不等你，因為我害怕，你會失望；
我也想，添加你的信心……

是的，到了今天，時光已流逝很久了！我似乎，已經再等不到你了！
但我還是想告訴你，無論你處於何光景，無論你有沒有成就，我還是會，繼續愛你；
我還是會，繼續想念你……

有那一天你回來，請告訴我……

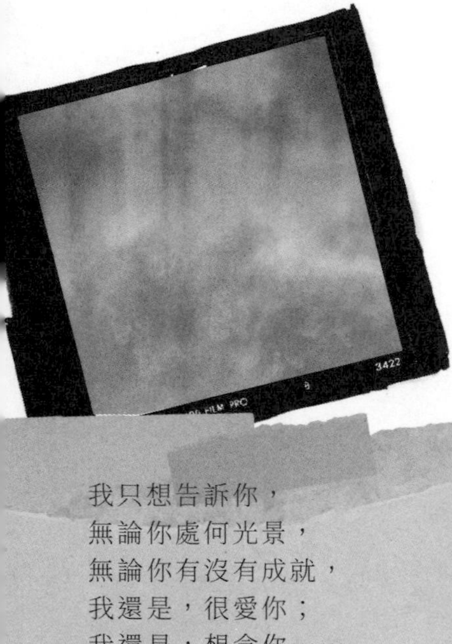

我只想告訴你，
無論你處何光景，
無論你有沒有成就，
我還是，很愛你；
我還是，想念你……

十二月廿三日　晴

我總喜歡，倚傍在你胸膛上；
因為這樣，我總感到一種深溢的溫暖……

你在我眼中，就是高大而強壯；
我總覺得，你的身型很標準，很吸引……

你說你並不強壯，只是肥胖；
但在我眼裡，你就是俊美；
從那個角度去看，都是那樣好看……

一個人去看另一個人，總有其獨特的目光；
視覺，從來都建基於，我對你愛的深度……

的確，愛著一個人的時候，
你的所有，都是最好……

是的，我只想擁抱著你，
因為，你身上的溫度，不單能溫暖我全身，

而是能夠，溫暖著我的心……

從來，只有身體的接觸，並沒有很大的意思；
但能夠擁抱著你，我卻像擁抱著希望；
能夠擁抱著你，我像在擁抱著，一份永不止息的愛……

我盼望，這不只是一個希望……

十二月廿四日　冷

從來愛戀，都是雙向的；
我總不會勉強你，去珍惜我的愛；
我更不能強迫你，去接受甚麼……

一切，都是你的選擇；
所有，都是你心底的自由……

既然你要選擇離去，我還可以再作甚麼？

一是默默無聲地，繼續去愛你；
一是我也同樣如你一樣，在無聲無息中，在夜色低垂時，悄然靜靜的退去……

其實，你真的想我離你而去嗎？

的確，我來過這世界；
我來的時候，沒有帶著甚麼；
我走了，也不能帶走甚麼……

忙忙碌碌地，終究一生，其實是為了甚麼？

人生，我留下了一些事，也留下了一份愛，就是我對你的愛……

其實，我不知道，這愛在你心中，最後究竟會是如何？
因為，這終究是你的決定……

或許，你覺得我的愛，會是甚麼都不是；
或許，我的愛，對你來說，根本不值一顧……

但是為你，我還是想留下，這一點一滴的愛；
我只希望，當中只有愛，並沒有任何遺憾與落寞……

十二月廿五日　雨

其實在你心中，究竟在想著甚麼呢？
我從來，都摸不著你內心的想法……

你對我，總是如此的若即若離；
你總讓我，無從掌握你的任何心境……

其實你知道嗎？
你這樣對待我，其實是很殘忍的；
因為我內心，總在忐忑與不安中，不能自已……

在想念與疼痛之中，我心總翻騰著一份激動，
從來久久，都不能平復……

生命的年日，我不知道，還可以運作多久；
但在我而言，我愛過，被愛過，
無論我愛的是親人，無論我愛的是朋友，特別是能夠愛過你，
我已覺得，縱使人生匆匆數十載，一瞬間轉眼而過，
但我仍然覺得，不枉此生……

愛，存在我心中，
總成為我生命中，一份最重要的價值和力量……

你在那裡呢？
你聽到我的呼喚聲嗎？
還是你仍然，是去選擇聽不到？

風依然的吹，海依然如常般平靜；
希望有一天，在生命盡頭之處，
我還來得及，與你說一聲再見……

後記——到今天，你可曾知道，我依然是如此的，深愛著你

不同的故事，或許，都帶著不同的主角和影子……

有點滴的，有全形的；
有虛擬的，也有真實的；
而共通的，就是從來兩個人的愛情，都並不容易；
在我深心中，總是掛念著你……

無論如何，一切愛的故事，由二〇一八，寫至今天二〇二一，
已經踏入第四年了……

為何，我可以寫出這麼多的細節和感覺呢？
因為，與你共感共知，共同經歷的每一片段，我都牢牢地記著；
因為，我就是如此，在乎和珍惜我與你的曾經；
雖然我知道，愛一個人，從來都很難；
想念一個人，從來都很苦……

你知道嗎？你所說過的話，我都珍而重之，反覆回味；
雖然我知道，你曾給我，不少的眼淚與難過……

仍然，我還是如此的寫著寫著，並記錄著一切；
細細碎碎的情感，斷斷續續的人生，似乎都有著一種，不能停止的前進感；
不經不覺，我寫了這麼多年，還未完結……

其實，並不是故事未有完結，而是我對你，仍未忘情……

有一天，你會不會告訴我，你心底裡最真實的故事？
是否那時候，我會發現，原來你心裡的想法，其實，是和我一樣……
到今天，你可曾知道，我依然是如此的，深愛著你……

I am still missing you…

Adelaide

二〇二一　秋　於香港

國家圖書館出版品預行編目（CIP）資料

我只是想念你 / Adelaide 作
--初版--新北市：香港商亮光文化有限公司台灣分公司 · 2022.06
面；公分 --
ISBN 978-626-95445-6-1 （平裝）

848.7 111007063

我只是 想念你

作者 Adelaide
出版 香港商亮光文化有限公司 台灣分公司
Enlighten & Fish Ltd Taiwan Branch (HK)
主編 林慶儀

設計 / 製作 亮光文創有限公司
地址 新北市新莊區中信街178號21樓之5
電話 （886）85228773
傳真 （886）85228771
電郵 info@enlightenfish.com.tw
網址 signer.com.hk
Facebook www.facebook.com/TWenlightenfish

出版日期 二〇二二年六月初版

ISBN 978-626-95445-6-1
定價 NT$380 / HKD$98